트레샤 퓨전 판타지 장편소설
WISHBOOKS FUSION FANTASY STORY

마왕성
플레이어

마왕성 플레이어 8

트레샤 퓨전 판타지 장편소설

초판 1쇄 찍은 날 | 2019년 10월 11일
초판 1쇄 펴낸 날 | 2019년 10월 18일

지은이 | 트레샤
펴낸이 | 예경원

기획 | 위시북스
편집책임 | 이은송
편집 | 위시북스

펴낸곳 | 예원북스
등록번호 | 제396-2012-000132호
등록일자 | 2012. 7. 25
KFN | 제1-462호

주소 | 경기도 고양시 일산동구 호수로 646-24 위너스21II빌딩 206A호 (우)10401
전화 | 031-819-9431 팩스 | 031-817-9432
E-mail | yewonbooks@naver.com

ISBN 979-11-365-0158-5 04810
　　　979-11-6424-172-9 (set)

Wish Books
트레샤 퓨전 판타지 장편소설
WISHBOOKS FUSION FANTASY STORY
마왕성
8
플레이어

CONTENTS

◀ 49장 ▶
팔람

"그 소식 들었어? 안개섬이 클리어됐다고 하던데."

"듣긴 들었는데 도대체 누가 클리어한 걸까. 랭커들도 들어 갔다가 결국 못 돌아왔다는 최악의 미션이잖아."

"그것까진 나도 모르겠지만 클리어한 놈은 엄청난 보상을 얻지 않았을까?"

안개섬이 사라진 이후 플레이어들의 관심사는 대체로 클리 어한 주인공과 보상이었다.

일부는 클리어한 플레이어의 진영을 두고 토론을 벌이기도 했는데, 진영 상관없이 모두 진입이 가능한 안개섬이었기 때문 에 아직까지 정확한 사실은 밝혀진 것이 없었다.

그러다 보니 대형 길드 측에선 아예 정식으로 공표하고 클리어한 자를 끌어들이려 했지만 선욱은 무관심하기만 했다.

'보상? 뭐, 유니크급 아이템이니까 대단하긴 하지. 당장 쓸데가 없다는 게 문제지만.'

악몽의 탑에서 돌아온 이후 주위에선 온통 안개섬에 대한 이야기뿐이었다. 그 때문인지 테이블에 앉아 잔을 홀짝거리고 있던 선욱은 괜스레 남의 눈치를 보게 됐다.

하지만 그것도 잠시.

"아, 그래. 디어스 길드가 악몽의 탑을 1층부터 오르고 있다고 했나?"

"맞아. 지금쯤 10층에 도달했을걸. 듣기론 전에 감옥에서 도망친 플레이어 한 명을 다시 붙잡았다고 하던데."

리우청으로 추측되는 소식에 몸이 움찔거렸다.

자신을 제외하고 두 번째로 안개섬에서 살아나온 플레이어. 보상 룸에서 다시금 마주쳐 자초지종을 물었지만 돌아오는 대답은 하나뿐이었다.

'개 같은 새끼. 지옥에나 떨어져라. 빌어먹을 자식아!'

이제 와서 생각해 보면 자신을 속여 보험으로 활용한 자에게 친절히 대답해 줄 리가 없었다.

대체 스텔라의 손거울로 몸을 숨기고 있던 사이 무슨 일이 있었던 것일까.

'널 살려두는 건 좀 위험해서 말이지.'

문득 용찬의 말이 떠오르자 의심은 더욱 깊어졌다.

'무언가 나에 대해 잘 알고 있는 것 같은 말투였는데. 그놈은 도대체 뭐 하는 놈이었을⋯⋯.'

한참 상념에 젖어 들던 찰나, 미클리어된 미션 목록에 그만 눈이 돌아갔다.

새로운 목표를 발견해 낸 선욱은 안개섬 따윈 벌써 잊어버렸다는 듯 눈을 반짝이며 미션 정보를 살폈다.

'뭐야, 이거. 아직까지 클리어되지 않은 중립 지역 미션? 와우. 딱히 등급 제한도 없잖아!'

아직 경험해 보지 못한 미지의 미션에 심장이 두근거린다. 함께 악몽의 탑을 오르던 일행 따윈 이미 잊어버린 지 오래였다.

그날, 선욱은 진영의 도시를 벗어나 새로운 미션을 향해 무작정 몸을 싣고 있었다.

***

[클라우드 토템(유니크)]

안개섬의 보상은 회귀 이전 기억과 동일했다.

일명 안개의 토템이라 불리는 이 아이템은 1회용 아이템들과 달리 재사용 대기 시간만 있을 뿐 사용횟수는 무한대였고,

몸을 숨기는 데 최적화되어 있었다.

'지금 선욱은 클라우드 토템이 얼마나 뛰어난지 모르고 있 겠지.'

아마 보상 룸을 거친 선욱과 리우청도 동일하게 클라우드 토템을 손에 넣었을 것이다. 물론 다른 자의 손에 들어갈 가능 성도 배제할 순 없겠지만 아이템의 가치를 잘 파악하는 선욱 이었기 때문에 그 부분으로는 크게 걱정이 되지 않았다

오히려 용찬은 도플갱어를 죽여 얻은 아이템과 장비에 크게 관심이 갔다.

[요정의 날개(유니크)]
[흑룡포(유니크)]

요정의 날개는 마법 재료 중에서도 최상급에 속하는 아이 템이었고, 흑룡포는 정신계 스킬 저항력과 마력을 동시에 상 승시키는 하의 장비였다.

특히 흑룡포에는 유니크급 장비답게 스킬도 하나 부여되어 있었는데.

[흑룡포의 '레이지 드라이브' 스킬이 발동됩니다.]
[일정 시간 동안 시전자에게 출혈 효과가 발생합니다.]

[출혈 효과로 피해를 받는 동안 시전자의 민첩 능력치를 두 배로 상승시킵니다.]

그동안 부족하다고 여겼던 이동 속도를 단숨에 해결해 주는 효과를 가지고 있었다.

'역시 도플갱어가 가장 큰 보상을 가지고 있었어. 그런 미션이 단순히 클라우드 토템 하나로 끝날 리 없지.'

회귀 이전 선욱은 클라우드 토템밖에 얻지 못했지만 사실상 진정한 보상은 도플갱어의 드랍 아이템이었다. 안개섬의 정보를 전해 들었을 때부터 그것을 아쉬워했던 용찬은 자신의 손에 들어온 세 가지 보상을 보며 매우 만족스러워했다.

그리고 보상 룸을 거치며 추가로 얻은 골드와 포션들까지 확인한 뒤 인벤토리 창을 껐다.

"대체 아까부터 뭘 그리 골똘히 생각하고 있는 거야?"

"아무것도 아니다. 그나저나 주변 정리는 끝났나?"

"벌써 끝낸 지 오래야. 아직도 우리를 너무 과소평가하고 있는 거 아냐?"

땅속에서 머리만 빼꼼 내밀고 있던 가우론이 바닥에 널린 시체들을 가리켰다.

네 명의 마왕들과 함께 탑을 오른 지도 벌써 15일째. 이제 목표로 하고 있던 27층도 겨우 한 층을 남겨두고 있었다.

'수백 마리의 병사들을 이끌고 탑을 오른다는 게 이토록 큰 장점이 될 줄이야. 회귀 이전과 비교하면 엄청 빠른 클리어 속도군.'

악몽의 탑의 정보를 온전히 가지고 있어도 클리어하는 데 큰 어려움이 있는 각 층의 미션들이다. 특히 탑을 오를 때마다 마주치게 되는 플레이어들도 큰 난관 중 하나였는데, 다섯 명의 마왕이 뭉치니 그런 문제도 순식간에 해결이 됐다.

가장 먼저 굴착의 권능을 가지고 있는 가우론, 두 번째로 재생의 권능을 가지고 있는 알마인, 세 번째로 금속의 권능을 가지고 있는 타그란스, 마지막으로 비행의 권능을 가지고 있는 루즈까지.

한 명 한 명 따진다면 그리 뛰어난 능력은 아니었지만 용찬의 지시 아래 연계를 하자 엄청난 위력을 발하고 있었다.

"역시 내 선택은 옳았어. 악몽의 탑을 이토록 수월하게 오르고 있다니. 전부 다 헨드릭 프로이스 덕분이야."

"이젠 정말 최하위 마왕이란 생각이 안 드는군. 이래서 반전의 마왕이란 호칭이 붙은 건가. 정말 대단해."

"어떻게 층의 구조를 이리도 빠르게 파악할 수 있는 거지. 매번 볼 때마다 정말 놀랍군."

마침 건너편에서부터 마왕들의 대화 소리가 들려왔다.

매 층을 클리어할 때마다 칭찬 일색이던 그들은 이번에도 감탄을 금치 못하고 용찬을 칭찬하고 있었다.

[마왕 알마인의 호감도가 소폭 상승했습니다.]

[마왕 타그란스의 호감도가 소폭 상승했습니다.]

[마왕 루즈의 호감도가 소폭 상승했습니다.]

덕분에 필요도 없는 호감도는 줄기차게 상승하고 있었고, 얼마 되지 않아 정면을 가로막고 있던 사원의 문이 열리기 시작했다.

"호오. 드디어 27층에 오르는 건가. 여태껏 20층에서 벗어나지 못하고 있었는데 벌써 이렇게까지 올라왔군. 이봐. 헨드릭. 넌 그 사실을 알고 있나?"

호감도의 영향 때문일까. 옆에 서 있던 알마인이 서슴없이 대화를 걸어왔다.

"무슨 사실을 말하는 거지?"

"나도 자세히는 모르지만 플레이어 놈들에겐 100층에 올라야만 하는 사명이 있다더군. 그래서 이렇게 각 진영 별로 경쟁을 벌이며 치열하게 탑을 오른다고 하던데. 궁금하지 않나?"

"……."

"그 사명이란 거 말야. 도대체 무엇이길래 그렇게 목숨을 걸면서까지 탑을 오르는 걸까. 들어보니 전대 서열전 시절 때부터 쭉 이런 경쟁이 이어져 왔다고 하던데 말이지."

1차로 플레이어들이 소환되던 시절부터 시작된 악몽의 탑 공략. 몇 년간 40층 이후로 별다른 진전이 없어 한동안 침체기에 접어든 진영들 상황이었지만 100층을 목표로 끊임없이 인원이 투입되고 있는 것은 달라지지 않았다.

하지만 속사정을 모르는 마왕들 입장에선 그저 강제로 탑을 오르는 것으로밖에 보이지 않았다.

불현듯 회귀 이전 기억이 떠오른 용찬은 잠시 인상을 구기다 역으로 그에게 물었다.

"반대로 생각해 본 적은 없는 거냐."

"음. 뭐가 말이냐."

"어째서 우리가 악몽의 탑에 들어와 플레이어들을 방해하는 것인지."

"……그러고 보니 그것까진 미처 생각해 본 적이 없군. 그저 마계 위원회에서 정한 룰을 따르고 있었을 뿐인데. 설마 놈들이 100층에 도달하게 되면 마계에 무슨 문제라도 생기는 건가."

예상대로 놈들은 플레이어들을 방해하는 것에는 크게 의의를 두고 있지 않았다.

어째서 인간과 끊임없이 대립하고 있는지, 왜 탑을 오르는 것을 방해하는 것인지.

이유는 전혀 알지 못한 채 그저 마계 위원회에서 정한 룰을 따르고 있을 뿐이었다.

"무엇을 그리 깊게 생각해. 어차피 인간 놈들이잖아. 악몽의 탑이든 어디든 만나면 죽여 버리는 게 당연하다고."

"하긴, 그렇지."

다른 마왕들도 목적에 대해선 정확히 모르는 것인지 대충 넘어가는 분위기였다.

'어쩌면 마게 위원회는 플레이어들의 목표를 알고 있는 것일지도 모르겠군. 흑단. 기회가 되면 놈들에 대해서도 자세히 파고들어 봐야겠어.'

그동안 한성의 메시지를 통해 샤들리 가문의 내부 사정을 전해 듣긴 했지만 아직까지 그리 쓸 만한 정보는 건지지 못했다. 아마 놈도 자기가 가지고 있는 정보를 최대한으로 조절하며 구출을 유도하고 있을 것이다.

'그나저나 수만 명의 병사들을 가문에서 육성시키고 있다니. 바이칼의 병력까지 가문으로 끌고 온 건가. 샤들리 가문도 만만하게 볼 놈들은 아니군.'

서서히 전쟁 규모의 전력을 키우고 있는 샤들리 가문이었다.

벌써부터 가문전을 준비하는 놈들의 동태에 다소 불안하기도 했지만 펠드릭 또한 가만히 있는 것은 아닐 터다.

[다음 층으로 이동합니다.]
[27층-팔람의 지배 구역]

사원의 문이 활짝 열리자마자 밝은 빛이 마왕들을 새로운 필드로 이동시켰다.

눈을 뜨자마자 가장 먼저 보게 된 것은 황량한 사막 속 마을. 인기척 따위 느껴지지 않는 필드 속에서 서서히 주위로 모래바람이 몰아쳤다.

"큭. 이번에는 사막 필드인 건가. 우선 모래바람부터 피하자고"

"아니, 잠깐. 기다려 봐. 저기서 무언가 날아오고 있어."

흐릿한 시야 사이로 보이는 커다란 새 무리들.

보통 새의 몇 배는 되는 덩치를 가지고 있던 놈들은 얼마 되지 않아 일행의 앞으로 착지했다.

그리고 새에 타고 있던 정체불명의 병사들이 사막으로 내려오더니 이내 창을 치켜들었다.

"여긴 팔람 님의 소유지다. 죽고 싶지 않으면 백만 골드를 지불해."

혹여 잘못 들은 것은 아닐까.

곁에 있던 알마인과 루즈가 두 눈을 깜빡이며 되물었지만 달라지는 것은 없었다.

"괜히 피 보려고 하지 말고 얼른 골드를 꺼내. 안 그러면 너희들 목숨은 보장할 수 없어."

"하. 우리가 누구인지는 알고 그러는 거냐. 인간?"

"네놈들이 마왕이란 것은 아주 잘 알고 있지. 설마 우리가 그런 것도 모르고 여기 온 줄 알았나?"

"뭐?"

"위를 올려다봐라. 멍청한 놈들."

당황하던 일행들이 하나둘 하늘을 올려다보기 시작했다.

거친 모래바람 속에서 천천히 드러나는 거대한 눈동자.

[지배자 팔람이 당신을 주시하고 있습니다.]

바로 27층의 주인인 팔람의 눈이었다.

하멜 역사상 인간이 최대로 도달한 악몽의 탑 층수는 67층으로 기록되고 있다. 그 기록은 몇 년이 지나도 깨지지 않고 계속 유지 되었고 68층 이후로는 단 한 명의 플레이어도 살아서 돌아오지 못했다.

기나긴 공략 속에서 마침내 한계에 도달한 것이다.

하지만 진영의 플레이어들은 포기하지 않았고 끊임없이 68층 공략에 도전했다. 어떤 희생도 감수하는 정신으로 말이다.

다만 안타깝게도 그들은 결국 68층을 지배하고 있던 한 남자에게 모두 무릎 꿇고 말았다. 인간의 범주를 벗어난 지배자에게 실낱같은 희망마저 전부 빼앗겨 버린 것이다.

그 이후로 플레이어들은 다른 방법을 찾아다니게 됐고, 정보원들의 기록서에는 항상 일부 층수마다 존재하는 지배자에 대한 위험성이 몇 차례씩이나 강조가 됐다.

'팔람도 그런 놈 중 하나였지. 가장 처음으로 대면하게 되는 층의 지배자. 아직까지 놈을 죽이고 다음 층으로 넘어간 자가 단 한 명도 없는 만큼 놈과 직접적으로 충돌하는 것은 위험해.'

플레이어로서 27층을 클리어하는 방법은 총 세 가지였다.

그중 가장 간단한 방법은 팔람에게 직접 도전하는 것이었지만 아직까지 놈을 죽이는 데 성공한 플레이어는 없었다. 게다가 지배자가 도사리는 층 같은 경우 한 번 클리어하면 다신 그 층으로 들어가지 못하기 때문에 뒤늦게 강해져서 돌아가는 방식도 불가능했다.

즉, 대부분의 플레이어들이 가장 쉬운 방법을 택해 27층을 클리어해 왔던 것이다.

'그런 이유 때문에 팔람의 지배는 한동안 되었지. 물론 나처럼 뒤늦게 악몽의 탑에 입장한 플레이어들의 손에 죽긴 했지만.'

다만 안타깝게도 놈이 죽는 것은 1년 후에나 벌어지는 일이었다. 그리고 지금은 마왕으로서 입장한 상태였기 때문에 클리어 목표가 무엇인지 알아보는 게 가장 중요했다.

"저건 눈? 눈인 건가."

"팔람 님이 너희들을 주시하고 있단 증거다. 조건을 만족하지 못하는 이상 너희들은 27층에서 영원히 벗어나지 못할 테지. 자, 선택해라. 여기서 우리 손에 죽을 건지. 아니면 백만 골드를 지불하고 목숨을 보장받을 건지."

"하. 팔람이 어떤 놈인지 몰라도 우리에게 그따위 협박이 통할 것 같으냐. 아예 여기서 그 오만한 주둥아리를……."

"오만한 것은 너희들이지. 39위 마왕 게펄트라고 했었나. 역소환 능력을 믿고 설치다가 팔람 님의 손에 잡혀 감옥에 갇혀 있지. 너희들이라고 해서 다른 것은 없어."

"잠깐. 게펄트라고?"

신체를 금속화시키던 타그란스의 두 눈이 휘둥그레졌다.

게펄트라면 30위대 수문장이라고 불리는 철혈의 마왕이 아니던가. 한창 주가를 올리고 있던 실비아에게 서열전을 이기기까지 했던 그가 인간에게 붙들려 감옥에 갇히게 됐다는 것은 쉽게 믿기지 않는 사실이었다.

철컥!

"믿기지 않으면 시험해 봐도 좋다. 대신 뒤에 가서 후회하지 마라."

팔람의 수하들이 창을 꼿꼿이 치커세운다. 아무리 40위대 마왕들이라고 해도 C급에 달하는 그들을 단숨에 쓰러트리는 것은 무리일 것이다.

'여기서 이놈들을 쓰러트린다고 해도 팔람이 문제겠지. 하늘에 떠 있는 지배자의 눈을 제거하지 않는 이상 계속 놈들에게 추적당할 테니까.'

판단을 마친 용찬은 품속에서 작은 토템을 꺼내 들었다.

"어이. 거기 네놈, 뭐 하고 있는 거냐?"

"보면 모르나. 도망칠 준비를 하고 있는 거지."

"다들 뭐하고 있어. 얼른 제압……."

푸샤아아아.

시퍼런 창날이 쇄도하던 찰나, 짙은 안개가 사방으로 퍼져 갔다.

[클라우드 토템을 설치했습니다.]

[일정 시간 동안 지정된 범위로 은신 효과가 부여된 안개가 생성됩니다.]

C급 은신 효과를 받아 반투명해지는 신형.

놈들은 사막에서 안개가 생성되는 기묘한 현상에 당황한 것인지 시야가 불투명한 상황 속에서 허둥거리기 시작했다.

"가우론. 일단 저 눈의 범위에서 벗어난다. 바닥을 파라."

"안 그래도 파고 있었어. 기다려!"

한동안 함께 다니며 눈칫밥이 는 것인지 얼마 되지 않아 가우론의 손끝에 깊은 땅굴이 만들어졌다.

"크윽. 저런 놈들한테서 도망쳐야 한다니. 마왕 꼴이 말이 아니로군."

"투정부리지 말고 얼른 뛰어내려."

"젠장. 어쩔 수 없지."

마왕들이 차례대로 뛰어내리자 그다음은 토템 회수였다. 용찬은 설치했던 클라우드 토템을 다시 품속에 집어넣고 급히 땅굴 속으로 뛰어내렸다.

"좋아. 안개가 사라져간다. 감지계 기술부터 사용해 봐!"

"아, 아무것도 감지가 되지 않습니다!"

"뭐?"

마치 처음부터 없었단 것처럼 흔적조차 남기지 않고 사라진 다섯 명의 마왕.

팔람의 수하들은 급히 공중으로 올라가 그들이 있었던 자리를 수색했지만 끝내 어떤 것도 발견할 수 없었다.

"칫. 약삭빠른 놈들. 벌써 다른 곳으로 도망친 건가."

"여기서 좀 더 대기할까요?"

"아니, 어디로 가든 놈들은 팔람 님의 시야에서 벗어나지 못해. 결국 얼마 되지 않아 다시 꼬리가 잡히겠지. 우선 돌아간다."

지배자의 눈은 27층 필드 전체를 감시하고 있다.

혹여 마왕성으로 돌아갔다고 해도 다음 층으로 올라가기 위해선 다시 이곳으로 올 수밖에 없었다. 그렇게 팔람의 수하들은 미련을 남기지 않고 신속히 자리를 벗어나고 있었다.

[긴급 미션!]

[현재 당신은 팔람의 지배 구역에 들어와 있다. 다음 층으로 올라가려면 이 세 가지 조건 중 하나를 충족시켜야 할 것이다.]

[1. 팔람과의 대결에서 승리]

[2. 바스칼 용병단 토벌 0/1,000]

[3. 팔람 코인 0/500]

다행인지 불행인지 클리어 조건은 플레이어 때와 동일했다.

첫 번째 조건은 말 그대로 팔람에게 도전을 신청해 정식으로 대결에서 승리하는 것. 두 번째 조건은 27층 전 지역에서 활동하고 있는 바스칼 용병단원 천 명을 처리하는 것. 그리고 세 번째 조건은 각 도시에서 받을 수 있는 의뢰를 통해 팔람 코인 500개를 모으는 것.

여기서 용찬이 회귀 이전 택했던 조건은 두 번째였지만 지금은 클리어 자체가 급한 게 아니었다.

"일단 네 말대로 땅굴 속으로 들어오긴 했는데 설마 저놈들 말을 믿는 거냐. 헨드릭. 게펄트가 인간 놈 따위에게 사로잡힐 리 없지 않은가. 지금 저놈들은 뻔한 거짓말을 치고 있는 거다! 당장 뛰쳐나가서……."

"진정해라. 그게 진실이든 거짓이든 지금은 그게 중요한 게 아냐. 너희들도 메시지로 뜬 클리어 조건을 보면 알겠지만 저기서 놈들을 처리한다고 해서 우리에게 득 되는 것은 아무것도 없어."

"그, 그건 맞지만 넌 저런 인간 놈들에게 그런 소리를 들어도 아무렇지 않은 거냐."

"원래 우리의 목적이 무엇이었지? 층을 오르는 인간 놈들을 방해하는 것 아니었나. 이렇게 다른 놈이 지배하는 구역에서 아무리 날뛰어봤자 결국 중요한 것은 클리어 조건이야. 설마 클리어 조건을 방해하는 걸로 시간을 낭비할 속셈은 아니겠지?"

27층은 특이하게도 플레이어들에게 영향을 주는 마왕만의 목표가 따로 없었다. 팔람의 수하들을 상대하는 동시에 플레이어들을 방해하는 것은 사실상 불가능에 가까운 것이다. 차라리 빠르게 다음 층으로 올라가 새로운 목표를 부여받는 것이 그나마 시간을 절약하며 이득을 취할 방법일 터.

그런 용찬의 지적에 타그란스도 차마 반박할 말을 찾지 못했는지 이내 입을 다물며 고개를 돌리고 있었다.

"그래서 어떤 조건을 클리어하려고? 이렇게 몸을 숨기고 있는 마당에 당장 어디로 가야 하는지도 모르는 상태잖아."

"내게 범위형 감지 아이템이 있으니 우선 이걸 사용하면서 길을 찾아봐야겠지. 일단 서쪽으로 방향을 잡아봐라. 가우론."

"끄응. 결국 나보고 땅을 파라, 이 소리네."

툴툴거리던 가우론이 서쪽으로 방향을 잡고 일직선으로 길을 뚫기 시작한다.

지금 그들은 모를 테지만 이대로 서쪽을 향하면 금방 대도시 굴람에 도착할 것이다.

'제가 숨겨둔 거처는 서쪽의 도시 굴람 변방에 위치해 있습니다. 그리고 혹시나 해서 여쭤 보는 건데 수중에 백만 골드쯤 가지고 계십니까?'

'그건 왜 묻는 거지?'

'아, 27층은 특별하게 NPC가 지배하고 있는 구역입니다. 용찬님의 무력을 못 믿는 것은 아니지만 괜히 놈의 수하들과 충돌하면 곤란해지거든요. 그러니 빠르게 백만 골드를 지불하고 목숨을 보장받는 방법이 훨씬 간편할 겁니다. 저를 구출만 해주신다면 몇백만 골드든 배로 돌려드릴 테니 그것만 꼭 좀 부탁드립니다.'

문득 한성의 메시지들이 떠오른다. 놈은 아예 클리어 조건을 노리지 않고 27층을 거점 삼아 활동하고 있던 것인지, 팔람의 지배 구역에 대해서 낱낱이 파악하고 있었다.

다만.

'고작 몇 백만 골드로는 부족하지. 나를 이렇게 고생시킨 대가를 톡톡히 치르게 해주마.'

한 차례 27층을 거쳐봤던 용찬으로선 그저 한성의 골드만이 큰 관심사였다.

그렇게 얼마나 땅굴을 통해 이동했을까.

[고성능 레이더가 발동됩니다.]

레이더의 광대한 범위 속에서 마침내 지상의 대도시가 감지됐다.

"여기 위에 큰 도시가 있는 것 같군. 일단 여기서 정지."

"……갈수록 굴착기 취급을 당하고 있는 것 같은데. 내 착각이겠지?"

"아마 네 착각이 맞을 거다."

내심 속으로 찔린 용찬이었지만 겉으로 내색하진 않았다.

그리고 비밀스러운 정찰을 목적으로 일행들을 잠시 대기시켜 놓자 마침내 홀로 움직일 수 있는 시간이 찾아왔다.

'변방 상점가 거리의 골목이라고 했던가. 너무 오래 시간을

끌면 곤란하니까 빠르게 퀘스트만 클리어하고 마왕성으로 돌아가야겠어.'

더 이상 네 명의 마왕과 함께 탑을 오를 이유 따윈 없었다. 만약 놈들이 따지고 든다고 해도 우연히 기습을 받아 역소환되었다고 둘러대면 될 터.

그렇게 판단을 내린 용찬은 지상으로 올라와 급히 주변부터 살폈다.

[대도시 굴람에 도착했습니다.]
['무법 도시 굴람' 업적을 달성했습니다.]
[업적 보상으로 룰렛이 회전합니다.]

빙글빙글 돌아가는 룰렛 사이로 보이는 거리의 주민들. 간간히 플레이어들도 보이긴 했지만 변방이기 때문에 숫자는 그리 많지 않았다.

[지배자 팔람이 당신을 주시하고 있습니다.]
[행운의 돌이 당첨됐습니다.]

'거의 병 주고 약 주는 수준이군. 아니, 행운의 돌이면 약 정도까진 아닌가.'

어찌 됐든 팔람의 시야에 노출되고 있단 사실은 변함이 없었다.

이대로 시간을 끌면 또다시 놈의 하수인들이 찾아올 터. 용찬은 지체없이 한성이 알려준 길을 따라 골목길로 접어들었다.

[어이. 네가 말한 곳에 도착했다. 이제 여기서 무엇을 하면 되지?]

[유한성:아아, 역시 용찬 님이라면 해내실 줄 알았습니다. 감사합니다. 정말 감사합니다!]

[감사 인사는 나중에 하고 얼른 방법이나 설명해라.]

[유한성:너무 흥분했네요. 죄송합니다. 일단 골목길에서 숨겨진 거처로 이동하기 위해선 특별한 시동어가 필요합니다.]

[특별한 시동어?]

연금술사나 아티팩트를 연구하는 마법사들이 기능을 편히 발동시키기 위해 주로 설정해 두는 것이 바로 시동어다. 혹여 골목길 내부에 마법진 및 아티팩트를 설치해 둔 것이 아닐까 싶었지만 당장 눈에 보이는 것은 아무것도 없었다.

'그렇다면 골목길 전체로 마법적인 처리를 해두었단 건데. 철광산에서 발견한 아티팩트도 그렇고. 마법뿐만 아니라 연금술 쪽으로도 상당한 실력을 가진 놈인 것 같군.'

갈수록 낮아지고 있던 한성의 평가가 다시금 높이 상승했다.

[유한성:무척 간단한 시동어입니다. 잘 보고 따라 해주십시오.]

[얼른 말하기나 해라.]

[유한성:한성의 흑마법은 세계 제일.]

"……."

순간적으로 그를 죽이고 싶어진 용찬이었다.

◀ 50장 ▶

유한성

그 시각, 라비스의 중앙 도시 파옌.

대체적으로 클리어 조건을 완수하지 못한 자들이 잔류하고 있는 가운데, 대형 길드라고 알려진 디어스 길드가 방문하며 파옌은 뜻밖의 포화 상태를 이루고 있었다.

"벌써 디어스 길드가 온 지 이틀째지?"

"그런 것 같아. 듣기론 도망간 플레이어를 붙잡았다고 하던데 당최 여관에서 나오질 않으니 어떻게 되고 있는지 알 수가 있나."

"그것 때문에 괜히 다른 층의 플레이어들까지 10층으로 몰리고 있고. 이것 참. 디어스 길드 때문에 한동안은 계속 시끌벅적하겠어."

소란의 중심지는 입구 부근의 달빛 여관이었다.

아예 여관을 둘러싸고 자리를 사수하고 있는 길드원들의 모습에 혹여 큰 사건이 벌어지는 것은 아닐까 괜스레 불안해진 잔류 플레이어들이었지만, 아직까지 밝혀진 것은 하나도 없었다. 때문에 달빛 여관 근처로 서서히 구경꾼들이 모여드는 분위기였지만, 정작 방 안 창가를 통해 바깥을 내다보고 있던 리우청은 그저 답답하기만 했다.

'대체 언제까지 여기서 기다려야 하는 거야. 난 이렇게 시선 끌리는 것 싫은데.'

안개섬에서 벗어나 디어스 길드에게 사로잡힌 것이 불과 이틀 전의 일이다. 다행히 그들은 강제로 자신을 끌고 가거나 정신계 기술로 고문을 시도하진 않았지만 그보다 더 귀찮은 상대를 만나고야 말았다.

'하필 그 여자가 리미트리스 진영으로 넘어왔을 줄이야. 디어스 길드에 들어가 있는 것도 그렇고. 설마 그놈도 이것까지 예상하고 날 살려준 건가. 그렇다면 역시 나비 계곡 때의 일로 날 이렇게 여관에 붙잡아두고 있는⋯⋯.'

끼익!

호랑이도 제 말 하면 온다고 했던가.

마침 방문이 열리며 긴 장궁을 등에 멘 민아가 안으로 들어왔다.

"오래 기다리게 해서 죄송해요. 이제 막 얘기가 끝난 참이었어요."

"아, 아뇨. 오래 기다렸다뇨. 절대 아닙니다."

"……너무 긴장하실 것 없어요. 이틀 전에도 말했다시피 디어스 길드는 더 이상 리우청 님을 곤란하게 하지 않을 거예요."

어색한 분위기 속에서 쓸쓸한 미소가 묻어난다.

나비 계곡이 클리어된 이후 어떤 과정들을 거쳐 온 것인지 지금의 민아에게서 그때의 모습은 찾아볼 수 없었다.

'하긴. 그때 친동생까지 죽어버렸으니까 저럴 수밖에 없겠지. 하지만 그건 저 여자 사정이고 내 사정은 따로 있다고.'

리우청은 마음을 독하게 먹기로 했다.

"그러면 전 이만 가봐도 괜찮겠습니까?"

"아뇨. 그건 안 돼요."

"예?"

"차소희가 조건을 내걸었어요. 저희를 지원해 주는 대신 디어스 길드로 들어오라고 하더군요. 거기엔 저뿐만 아니라 리우청 님도 함께 포함되어 있어요."

"저, 저 같은 놈을 어째서, 아니, 그것보단 제 의사는 묻지도 않는 겁니까?"

"그러면 이대로 계속 쫓겨 다니실 생각이셨어요?"

"……그것도 좀 그렇긴 한데."

대형 길드에 들어가는 것 자체가 꿈만 같은 일이지만 한 차례 당한 게 있다 보니 디어스 길드는 꺼려질 수밖에 없었다. 게다가 자신의 의사는 묻지 않고 너무 일방적으로 통보한 격이었다.

'지금은 사정이 좀 다를 거다. 앞으로 넌 길드의 정보들을 하나도 빠짐없이 나에게 전달해야 할 거다. 놈들이 어디로 향하는지. 그리고 목적이 무엇인지까지 말이다.'

그제야 용찬이 했던 말의 의미를 깨달은 리우청은 허탈한 표정으로 한숨을 내쉬었다.

"놈들이 갑이고 우리는 을이라 이건가."

"그래도 너무 걱정하지 마세요. 애당초 디어스가 원한 것은 저였을 테니까요. 제가 함께 있는 한 누구도 리우청 님을 건들지는 못할 거예요. 그리고 길드에서 대폭적인 지원까지 해준다고 했으니 그렇게 나쁜 조건은 아닐 거예요."

"쿵. 왜 저한테 이렇게까지 해주시는 겁니까."

"그러면 리우청 님은 그때 왜 저를 구해주신 거죠?"

"그건 한 번 빚을 진 게 있었으니까……."

"저도 마찬가지예요. 지금 저는 리우청 님께 은혜를 갚고 있는 거예요."

요즘은 은혜를 이런 식으로 갚는 게 유행인 것일까.

문득 그런 생각이 든 리우청이었지만 겉으로 드러내진 않았다.

"그러니 한동안만 저와 동행해 주세요. 아예 길드와 접촉하는 일은 없게 만들어 드릴 테니까요."

"하아. 따라가 봤자 별 도움도 안 될 텐데."

"괜찮아요. 전투는 거의 제가 맡을 테니까 리우청 님은 보조적인 것만 해주시면 돼요."

길게 늘어진 머리를 끈으로 묶던 민아가 가방을 건넸다.

"일단 길드에서 지원해 준 아이템과 장비들이에요. 혹시 따로 준비하실 게 있나요?"

"자, 잠깐만요. 설마 지금 바로 출발하는 건 아니죠?"

"아쉽게도 맞는 것 같네요. 목적지는 27층. 팔람이 지배하고 있는 구역이에요."

"27층?"

거의 C급, B급 플레이어들이 오르고 있는 20층대다.

한데, 고작 D급인 자신을 데리고 27층으로 향한다니.

리우청으로서선 당황스럽기 그지없었다.

"차소희가 27층의 지배자를 없애주길 바라고 있어요. 이미 지배 구역에 갇혀 있는 길드원들이 다수 있는 것 같으니 그들과 합류해 일을 진행하면 될 것 같아요."

"왜 우리가 그런 일을……."

"복수."

시위를 살펴보던 민아가 나직이 중얼거린다. 마치 넋이 나간 사람처럼 생기 없는 눈동자로 다시금 입을 열고 있었다.

"복수를 도와준다고 약속했거든요."

끝을 알 수 없는 살기가 감도는 순간이었다.

☙

"……."

우물쭈물 거리던 입이 금세 닫힌다. 괜히 시선이 의식되어 주위를 둘러봤지만 다행히 인기척은 느껴지지 않았다.

'시동어를 그따위로 지어두었을 줄이야. 설마 장난을 치는 건 아니겠지.'

장난 같은 시동어에 의심이 들기도 했지만 정작 급한 것은 한성 쪽이었다. 구출을 부탁한 자가 여기까지 와서 수작을 부리진 않을 터.

할 수 없이 용찬은 메시지에 적힌 시동어를 그대로 따라 읊었다.

[시동어가 일치합니다.]
[이동 마법진이 발동됩니다.]

낡은 벽면에서부터 환하게 빛나는 수십 가지 글자들. 이동 마법진이 발동되며 숨겨진 룬어들이 드러난 것인지 얼마 되지 않아 배경이 뒤바뀌었다.

가장 먼저 보게 된 것은 들판 위에 지어진 작은 오두막집.

그리고 뒤따라 검은 들판을 뛰고 다니고 있는 정체불명의 짐승들이 보이고 있었다.

[하급 키메라]

[등급:D]

[상태:활발]

'양의 몸에다가 오크의 머리를 붙인 건가. 취향 한 번 독특하군.'

키메라는 흑마법사만이 전문적으로 만들 수 있는 인공 생명체다. 주로 몬스터나 인간의 시체를 사용해 새로운 형태를 만들고 간단한 자아를 불어넣는 것으로 자신만의 전투 병사가 만들어지는 것인데, 들판에 있는 하급 키메라들은 딱히 전투용으로는 보이지 않았다.

[유한성:도착하셨습니까?]

[그래. 들판도 보이고 오두막집도 보이는군.]

[유한성:아아, 신이시여 감사합니다. 아니, 용찬 님 진심으로 감사합니다. 이제 오두막에 있는 아티팩트만 찾아서 발동시키면 될 것 같습니다!]

이젠 흑마법사가 신까지 믿는단다. 처음 메시지를 주고받을 때부터 느꼈던 것이지만 놈은 제정신이 아니었다.

[퀘스트 목표를 달성했습니다.]
[보상이 지급됩니다.]
[새로운 마왕성 기능이 오픈됐습니다.]

그렇게 오두막집으로 들어서자 마왕성 퀘스트가 완료됐다는 소식이 전해져 왔다.

내부를 둘러보던 용찬은 잠시 수색을 멈추고 보상으로 받은 새로운 기능부터 확인했다.

[영입 시스템]
[영입 가능한 인원 0/1]

'영입 시스템? 병사들을 소환하는 것과 다른 건가. 보아하니 스카우터들처럼 내가 직접 제의를 건네는 것 같은데. 영입 조건은 따로 안 적혀 있는 건가?'

친절하지 않은 시스템 설명에 절로 인상이 구겨진다. 따로 조건이 적히지 않을 것을 보아 때가 되면 자동으로 발동하는 방식인 듯했다.

결국 용찬은 시스템을 뒤로하고 먼저 아티팩트를 찾아 나섰고, 결국 지하로 내려가는 사다리를 발견할 수 있었다.

그리고 지하에서 발견한 아티팩트.

[리온 그류스(유니크)]

'그러면 그렇지. 아무런 좌표도 없이 지정된 대상을 불러오는 효과인데 레어급 정도일 리가 없겠지.'

푸른색 보석이 박힌 단검 형태의 리온 그류스.

탁자 위에는 그 외에도 레어급으로 보이는 다른 아티팩트도 여럿 놓여 있었다.

[리온 그류스. 이게 맞나?]

[유한성:예, 맞습니다. 아, 발동시키기 전에 추가로 부탁 좀 드려도 되겠습니까?]

한성은 구속의 방울을 풀 아이템까지 미리 준비해 두고 싶었던 것인지 1층에 보관하고 있던 아이템 세 개를 갖다 달라고 부탁해왔다.

그리고 따로 한 가지 아이템을 추가로 부탁했는데.

[검은 운석의 조각(레어)]

흑마력의 기운이 넘실거리는 작은 돌덩이였다.

[설명:하늘에서 떨어졌다고 전해지는 운석의 조각이다. 까맣게
타버린 조각은 다량의 흑마력을 보유하고 있지만 정확한 효과는
밝혀지지 않고 있다.]

딱히 아이템 설명에도 용도는 적혀 있지 않았다.

"냐앙! 어둠의 기운이다!"

"음?"

"이거 먹어도 되는 거냐. 주인?"

언제 튀어나온 것인지 어깨 위에 올라온 체셔가 검은 운석
조각을 보며 눈을 반짝거렸다. 어둠의 정령답게 흑마력 속에
서 어둠의 기운을 감지한 모양이었지만, 회귀 이전에도 본 적
이 없던 아이템이었기에 용찬은 잠시 고민했다.

하지만 그것도 잠시.

"냐아아아. 못 참겠다!"

"큭. 이 자식이!"

결국 체셔가 참지 못하고 조각에 깃든 기운을 흡수하기 시작했다.

[어둠의 속성력이 상승합니다.]
[어둠의 속성력이 한계에 도달했습니다.]
[체셔가 새로운 스킬을 습득했습니다.]

한계에 도달해 다음 단계로 넘어간 어둠의 속성력. 그와 동시에 체셔가 털을 쭈뼛 세우며 어둠의 기운을 뿜어냈다.

"냐아아아. 행복하…… 냐앙!"

"내 지시가 있기 전에 함부로 움직이지 마라. 정말 죽고 싶은 거냐."

"……냐아아."

싸늘한 시선에 손에 들린 체셔가 몸을 오들오들 떨었다.

용찬은 한참 체셔를 노려보다 이내 조각을 다시 살폈다.

'다행히 설명이 바뀌거나 그러진 않았는데. 대체 어떤 용도로 쓰길래 내게 이것을 부탁하는 걸까.'

불현듯 의문이 들었지만 당장 알 수 있는 것은 없었다. 할 수 없이 용찬은 나머지 아이템들을 챙겨 지하로 내려갔고, 메시지 내용대로 리온 그류스를 먼저 발동했다.

[리온 그류스의 효과가 발동됩니다.]
[인식되어 있던 플레이어를 자리로 소환합니다.]

달랑달랑!

거친 바람에 흔들리는 금색 방울들.

마침내 숨겨진 거처로 돌아온 한성은 멍하니 두 눈을 깜박이다 이내 용찬을 바라봤다.

"……용찬 님이십니까?"

"그래. 나다."

"크흐흡. 용찬 님, 용찬 님은 제 생명의 은인이나 다름없습니다. 정말, 정말로 감사합니다!"

"지금 그렇게 고맙다고 인사할 시간이 아닐 텐데?"

"아아, 그랬었죠. 혹시 제가 부탁한 아이템들은 어디에 있습니까?"

서글픈 감정에 복받쳐 울먹거리던 한성이 이내 손에 쥐여져 있던 아이템들을 발견해 냈다.

그는 급히 양손을 내밀어 아이템을 요구했지만 정작 아이템을 가지고 있던 용찬은 한 발자국 뒤로 물러났다.

"에?"

"그전에 간단히 계약서부터 작성할까?"

"방금 전까지 시간이 없다고 하신 분은 용찬 님이 아니셨습니까? 지금 이럴 때가⋯⋯."

"그거랑 이거랑은 다르지. 적어도 구출을 부탁할 때 네가 했던 말은 지켜야 도리에 맞지 않나? 얼른 아이템을 받고 싶으면 거래 계약서에 사인부터 해."

"끄응. 아, 알겠습니다!"

자신을 구출해 주는 대가로 제시했던 것은 총 세 가지였다. 놈도 뒤늦게 그 기억이 떠오른 것인지 급히 계약서 내용을 확인하더니 이내 건네받은 깃펜으로 사인을 해버렸다.

그제야 용찬도 손에 쥐고 있던 아이템 세 개를 건넸고 얼마 되지 않아 바지춤에 달려 있던 구속의 방울이 녹아내렸다.

'구속의 방울을 풀 수 있다고 하더니 정말 사실이었군. 저것도 흑마법에 관련된 아이템 같은데. 정말 보면 볼수록 정체가 의심되는 놈이란 말이지.'

도대체 하멜에서 어떻게 지내왔던 것일까.

아직까지 겉으로 문신조차 드러나지 않은 가운데 놈이 감격의 눈물을 흘리기 시작했다.

"드디어, 드디어 풀려났어! 이제 더 이상 그 마족 놈들에게 이용당하지 않아도 돼. 난 자유라고. 프리덤 만세!"

"⋯⋯."

어느 정도 예상은 했지만 보통 미친놈이 아니었다.

그렇게 한참을 바닥에 주저앉아 울부짖던 한성은 더 이상 눈물조차 나지 않는 것인지 꺽꺽거리며 뒤늦게 물어왔다.

"끅. 용찬 님. 검은 운석의 조각은 어디에 있습니까?"

"이걸 말하는 건가?"

"아, 역시 가져오셨군요. 감사합니다."

"그럼 이제 계약을 이행……."

"아뇨. 이제 당신은 필요 없습니다. 이만 죽어줘야겠어요."

드디어 실성이라도 해버린 것일까.

방금 전 계약서에 사인까지 했던 한성이 갑자기 손을 뻗으며 위협을 해왔다.

"무슨 헛소리지. 계약서에 내 목숨을 위협할 수 없다고 분명 적혀 있었을 텐데?"

"내가 죽이는 게 아냐. 그저 아이템 효과로 인해 죽는 거지. 넌 모르겠지만 검은 운석의 조각엔 흑마력과 함께 어둠의 기운도 깃들어 있거든. C급 무투가 따위가 감히 견뎌낼 기운이 아니야. 난 단지 그것을 끌어내는 것뿐."

"그런 효과가 숨겨져 있었나."

어느새 손에 쥐고 있던 조각이 물처럼 녹아내리기 시작한다.

한성은 조소가 가득 담긴 얼굴로 쫙 펴고 있던 손을 움켜쥐었다.

"후회해 봤자 이미 늦었어. 잘 가라. 멍청아."

"……."

마침내 조각이 사라지고 안에 잠재되어 있던 흑마력이 용찬의 전신을 감쌌다.

놈이 말한 대로라면 얼마 되지 않아 어둠의 기운까지 같이 튀어나올 터.

하지만 안타깝게도 그런 일은 벌어지지 않았다.

"어? 뭐야. 왜 안 튀어나와?"

"설마 네가 말하는 어둠의 기운이 이건 아니겠지?"

흑마력을 튕겨내고 사방으로 퍼지는 어둠의 속성력. 지하 전체를 장악한 위협적인 기세 속에서 뒤늦게 한성이 입을 열었다.

"……님?"

흑마력과 어둠의 기운은 비슷해 보이면서도 서로 다른 성질을 띠고 있다. 순전히 위력을 상승시키기 위해 마력의 성질을 바꾼 것이 흑마력이라면 어둠의 기운은 마력에 영향을 받지 않는 순수한 에너지의 집합체였다.

포악하면서도 탐욕의 화신이라 불리는 어둠의 기운. C급 무투가 정도는 단숨에 집어삼킬 정도로 위험한 성질이다.

한데.

'어둠의 기운을 오히려 컨트롤한다고?'

어떻게 된 것인지 용찬은 자신의 눈앞에서 그런 위험한 성질을 조종하고 있었다. 아니, 정확히는 몸의 일부처럼 제어하고 있다고 봐야 했다.

"그래서 이제 더 할 말이 남았나?"

"다, 당신 대체 뭐 하는 사람입니까? 어둠의 기운을 다루는 플레이어는 여지껏 단 한 명도 본 적이 없었는데. 도대체 어떻게……."

"언제나 예외는 있게 마련이지. 자, 이제 대가를 받아내 보도록 할까."

지하 전체로 울려 퍼지는 서늘한 목소리.

그제야 한성은 방금 사인한 계약서의 조건들이 떠올랐다.

[1. 유한성은 고용찬에게 피해를 줄 수 없다.]

[2. 유한성은 그동안 수집한 마계의 정보들을 고용찬에게 전부 제공한다.]

[3. 고용찬이 필요로 할 때 유한성은 자신이 소유한 아이템 및 장비들을 무조건 제공한다.]

[4. 계약서의 조건들을 어길 시 유한성은 고용찬에게 무조건 복종한다.]

'미친. 엿 됐다.'

너무 성급히 사인을 해버렸다.

원인은 용찬의 손에 쥐여 있던 검은 운석의 조각이었을 것이다.

그 사실을 뒤늦게 인지한 한성은 식은땀을 삘삘 흘리며 눈치를 봤다.

"커흠. 방금 것은 단순한 조크였습니다. 저희 이러지 말고 대화. 대화로 해결합시다. 얼마나 간편하고 평화로운 해결 방법입니까."

"흑마법사들은 조크도 이런 식으로 하나 보군. 대화라. 확실히 간편한 방법이긴 하지."

"그, 그렇죠. 그러니까……."

뒷걸음치던 신형이 흑마력에 휘감긴다. 마법사, 흑마법사 할 것 없이 모두 공통적으로 배울 수 있는 블링크 마법이었다.

하지만 그것도 잠시.

촤라락!

이동되기 직전 검은 쇠사슬이 온몸을 휘감았다.

바닥으로 볼썽사납게 엎어지는 몸뚱아리.

강제로 바닥과 입맞춤 한 한성은 천천히 고개를 들어 올렸다.

"어딜 가려고?"

"……살려만 주십시오."

거우 몇 분 만에 투항을 선언하는 순간이었다.

"그래서 진영은?"

"다, 다인 진영입니다."

"따로 소속된 길드는?"

"없습니다!"

2차로 소환되어 다인 진영에서 활동하던 마법사 유한성.

초기 시절부터 마법에 뛰어난 재능을 보이며 진영 내에서 인정받던 플레이어였지만, 우연히 던전 안에서 흑마법사 전직서를 발견하면서 그의 목표가 뒤바뀌었다. 그 이후로 한성은 홀로 대륙을 오가며 끊임없이 전용 스킬북들을 찾아다녔고, 얼마 지나지 않아 자신만의 거처를 만들어 연구를 거듭하게 됐다.

그리고 그런 과정 속에서 생겨난 호기심. 그 호기심이 결국 한성을 마계로 가게 만드는 주요 원인이 되고 만 것이다.

"……라는 겁니다!"

"누가 나레이션 식으로 설명하라고 했지?"

"끄아아악. 아픕니다. 아파요!"

손에 쥐고 있던 쇠사슬을 잡아당기자 한성이 고통을 호소하며 몸부림쳤다. 적어도 하멜에서 B급 랭커 수준으로 평가받을 만한 그였지만 지금은 일방적인 계약 내용으로 인해 쉽사리 반격조차 하지 못하는 상태였다.

"끄으으. 저기 이것 좀 풀어주시면 안 되겠습니까? 이렇게 누워서 말하려니까 숨이 찹니다만."

"풀어주면 다시 도망가려고 시도하겠지. 얌전히 바닥에 누워서 내 질문에 성심껏 대답이나 해라."

"아아, 당신이란 사람은 대체…… ㄲ아아아! 잘못했어요. 잘못했어요!"

메시지를 주고받을 때부터 느꼈던 것이지만 한성의 성격은 결코 평범하지 않았다. 때문에 간간이 속에서부터 살심이 치솟았지만 아직 대가를 받아내지 못했기에 용찬은 참았다.

물론.

"하아. 일단 거기 처박혀 있어라."

"꾸엑!"

거칠게 다루는 것은 변함이 없었지만 말이다.

방 한구석으로 한성을 걷어찬 용찬은 고개를 절레절레 흔들며 새로 생긴 체셔의 스킬부터 확인했다.

[다크 윙(D급)]

[설명:체셔를 날개 형태로 변형시켜 등에 부착한다. 시전 시 어둠의 속성력을 소모한다.]

'인챈트 다음은 비행형 스킬인가. 슬슬 공중에 있는 놈들을 제압할 기술이 필요했는데 마침 잘됐어.'

뇌안의 숙련도도 나름 상승해 사정거리가 길어진 상태다. 여기서 다크 윙까지 곁들여진다면 충분히 공중에서의 전투도 손쉬워질 것이다.

[다크 윙을 시전합니다.]
[체셔가 날개 형태로 변형됩니다.]

등 뒤로 부착되는 얇고 뾰족한 한 쌍의 날개.

서서히 체내에 잠재되어 있던 어둠의 속성력이 소모되는 가운데 등에 달려 있던 검은 날개가 파닥거렸다.

-내가 날개가 됐다. 주인!

"느낌은 어떻지?"

-모르겠다. 냐아. 하지만 왠지 모르게 날고 싶어졌다!

"일단 가만히……."

쿵!

미처 균형을 잡기도 전에 신형이 공중으로 치솟았다. 마치 로켓처럼 쏘아진 용찬은 천장에 그대로 머리를 박게 되었고, 얼마 되지 않아 천천히 바닥으로 추락했다.

-냐아아. 실수했다. 미안하다. 주인!

"……."

투두둑 떨어지는 파편들 속에서 굳어지는 인상.

그런 것을 아는지 모르는지 날개로 변한 체서는 그저 즐겁기만 했다. 그리고 지하에서 그 광경을 지켜보고 있던 한성이 쇠사슬에 묶인 채 볼을 부풀렸다.

"풉."

일순 지하 전체가 고요해진다.

파지지직!

깜깜한 지하를 밝히는 푸른 뇌전 속에서 흉폭한 눈빛이 드러났다.

그제야 실수했단 것을 깨달은 한성은 뒤늦게 고개를 도리도리 저었지만 이미 늦은 후였다.

"요, 용찬 님. 누구나 실수를 하게 마련이지 않습니까. 그렇죠? 예? 예?"

"그래. 실수할 수도 있겠지."

"역시 이해해 주실 줄……."

"근데 네놈은 아니야."

"끄, 끄아아악!"

그 이후 용찬의 무자비한 폭행은 장장 세 시간 동안 이어졌다.

[저주의 은가면(레어)]

[저주의 짚신 인형(레어)]

[저주의 검집(레어)]

확인해 본 결과 구속의 방울을 풀 때 사용했던 아이템들은 전부 저주 계열 효과를 가진, 일종의 제물용 아이템이었다. 보통 이런 효과를 가진 아이템들은 주로 흑마법사들이 능력을 증폭시키는 용도로 사용되곤 했는데, 이번 같은 경우 역으로 정신 계열 효과를 급감시켜 구속의 방울을 해제한 듯했다.

'그렇다면 세 단계에 걸쳐 복종 효과를 쇠약시켰다는 뜻인데. 흑마법 기술 중에 그런 효과를 가진 기술도 있었던가.'

아이템을 제물로 바쳐 효과를 급감시킨다고 해도 한 번에 풀어내지 못하면 절대 빠져나올 수 없는 게 구속의 방울이지 않던가.

한데, 한성은 감소 효과를 유지시킨 채로 세 번에 걸쳐 복종 효과를 풀어내 버리고 말았다. 아마 그 정도로 효과 해제에 뛰어난 기술을 가지고 있다는 의미일 것이다.

"요, 용찬 님? 이걸 꼭 다 가지고 가서야 되겠습니까. 솔직히 여기 별로 쓸 만한 것도 없습니다."

사슬에 묶인 채로 아티팩트를 쓸어 모으던 한성이 탱탱 부은 얼굴로 중얼거렸다.

"분명 네가 여태껏 모은 아이템과 장비들을 모두 내게 제공한다고 약속했을 텐데?"

"그건 그렇지만 이건 좀……."

"역시 아직 덜 맞았나 보군."

"아뇨. 아닙니다. 그냥 제 모든 것을 드리겠습니다!"

함부로 계약서에 사인한 인간의 최후는 무척이나 처참했다. 조금만 더 자세히 내용을 살펴봤더라면 이렇게까지 되진 않았을 터.

그렇게 한성이 아이템과 장비를 한 자리로 모으는 사이 용찬은 그동안 층수를 클리어하며 얻은 보상들을 마저 정리했다.

[하급 엘릭서]×5

[렌트릿]×3

[강제 탈출 아이템]

[C급 마력석]×84

[바분의 뿔피리]

'다소 시간이 걸리긴 했지만 역시 악몽의 탑도 보상이 쏠쏠하단 말이지.'

안개섬의 보상까지 합치면 공들인 시간이 그리 헛 된 것은 아니었다. 오히려 도합 2백만 골드까지 벌어들인 것을 치면 충분히 이득은 챙긴 셈이었다.

[공용 스킬북]×2

[공용 특성북]×2

나머지 공용 관련 기술북들은 병사들에게 건네주면 될 터.

이제 문제는 착용하고 있는 장비였다.

'상의, 하의는 유니크급이니 한동안은 괜찮을 것 같고. 다른 부위들도 히든 피스를 통해 맞춘다 치면 역시 문제는 무기겠지.'

잭이 제작해 준 기간트 건틀렛의 효과는 매직급임에도 불구하고 뛰어나다.

하지만 본격적으로 랭커들 이상의 적을 상대하기 위해선 이 정도론 부족했다.

"혹시 제작 재료나 무투가가 착용할 만한 장비는 없나?"

"하도 오랜만에 거처로 돌아온 거라 저도 기억이 잘. 일단 찾아볼까요?"

"당연한 것을 묻는군."

"……아오. 계약서만 아니었으면 저걸."

"저걸 뭐?"

"아하하하. 아무것도 아닙니다."

이를 바득바득 갈면서도 애써 웃어 보이는 한성.

하지만 안타깝게도 숨겨진 거처에서 무투가와 관련된 장비 및 아이템은 찾을 수 없었다.

결국 건네받은 것은 매직급 아티팩트들과 수많은 마법 재료들뿐.

일부 레어급 아티팩트들도 있긴 했지만 자신에게 필요한 것은 거의 없었다.

'그래도 이 정도면 상당한 골드를 벌어들일 수 있겠지. 쓸 만해 보이는 것은 따로 챙겨두면 될 테고.'

아티팩트는 진영이든 마계든 시중에 풀어만 놔도 돈이 되는 장비들이다.

물론 애지중지하던 것들을 빼앗긴 한성은 울먹거리고만 있었지만 그런 것까지 배려할 용찬이 아니었다.

"그러면 이제 마계의 정보들을……."

콰앙! 쾅!

그때 굉음이 울리며 공간 전체가 흔들거렸다.

[이동 마법진이 외부 충격으로 인해 소멸되고 있습니다.]
[지정되어 있던 좌표가 사라집니다.]

심상치 않은 분위기에 인상이 구겨진다.

마침 한성도 메시지를 확인한 것인지 다급히 물어왔다.

"서, 설마 팔람의 수하들에게 백만 골드를 건네지 않으신 겁니까?"

"쯧. 일찍도 찾아왔군."

"미친! 지금 제정신이십니까. 저 이동 마법진을 새기느라 얼마나 고생했는데. 으아아아! 당신 때문에 다 망했어. 망했다고!"

"호들갑 떨지 마라. 더 이상 남아 있는 것도 없는 것 같은데 무엇을 걱정하는 거냐."

"웃기지 마. 죽으려면 너 혼자 죽으라고. 난 무죄야!"

"시끄러워 죽겠군. 일단 여기서 기다리고 있어라."

"어어!"

자신을 남겨두고 홀연히 사라져 버리는 용찬.

마력의 흔적도 남지 않는 이동 기술에 한성은 어안이 벙벙했다.

하지만 그것도 잠시.

[파티원 고용찬이 소환 주문서를 사용했습니다.]

메신저에 서로 등록이 되어 있던 덕분인지 소환 주문서의 효력이 적용됐다. 한성은 순식간에 뒤바뀌는 배경에 당황스러워했고 얼마 되지 않아 왕좌에 앉아 있는 용찬을 발견해 냈다.

"왔나."

"……어, 저기요."

"왜 그러지?"

"여기가 어디인 거죠?"

마치 성 내부와 흡사한 구조에 두 눈이 깜빡거린다. 언뜻 마계를 돌아다니며 이런 성에 대해 들은 적이 있었지만 확실치 않았다.

하지만 그런 의문도 용찬의 한마디에 금방 해결됐다.

"마왕성이다."

◀ 51장 ▶
구색

콰직!

단말마의 비명도 없이 또 한 명의 경비병이 쓰러진다.

상반신이 날아간 경비병은 싸늘한 주검이 되어 주위의 본보기가 되었고, 처벌을 기다리고 있던 동료들은 파리한 안색으로 고개를 떨구고만 있었다.

"구속의 방울에 걸려 있던 놈이 갑자기 사라지는 게 말이 된다고 생각하는 것이냐."

"……."

"왜 아무도 말이 없지? 여기를 지키는 게 너희의 임무가 아니었나. 그런데……."

콰아악!

단숨에 목을 비틀어 버리는 시퍼런 손길.

로이스는 손에 들어 올리고 있던 경비병을 내던지며 마력을 발산했다.

"어째서 목격자가 단 한 명도 없는 거지."

"으으으으!"

"분명 잘 감시하라고 몇 차례나 지시를 내렸는데. 결국 이 꼴이라니. 더 이상 네놈들이 가문에 있을 이유가 없을 것 같군."

비밀리에 잡아들여 관리하고 있던 플레이어다.

포란 숲에서의 계획이 어긋나 버리며 도구로서의 가치를 일부 잃어버린 것은 물론 프로이스 가문에 되려 경각심을 심어 주는 계기가 되고 말았지 않던가.

만약 감옥에서 탈출한 놈이 샤들리 가문의 정보를 유출이라도 시킨다면 마계 전체가 들썩거릴지도 몰랐다.

"제, 제발 한 번만 자비를……."

"아니. 임무를 완수하지 못한 자들에게 베풀 자비는 없다."

털썩! 털썩!

바닥에 주저앉아 있던 경비병들의 머리가 차례대로 터져 나간다. 몇 년 동안 가문의 감옥을 관리해 온 마족들이지만 필요한 인원이야 다시 뽑으면 그만이었다.

오히려 문제는 감옥에서 탈출한 도구일 터.

'미리 변화계, 소환계 기술들은 전부 봉인시켜 두고 있었는

데 어떻게 빠져나간 거지. 설마 내부에 조력자가 있는 건가.'

순간 배신의 가능성도 떠올랐지만 로이스는 이내 고개를 저었다.

'아니, 아니지. 조력자가 있었다고 해도 구속의 방울을 쉽게 풀어낼 순 없었을 거야. 그렇다면 경우의 수는 두 가지겠군.'

세뇌를 풀어낼 수단을 숨기고 있었거나 혹은 외부에서 그를 구하러 온 동료 정도일 것이다.

"케트라."

"예. 여기 있습니다."

어두컴컴한 천장에서부터 물 흐르듯 떨어져 내리는 가녀린 신형.

가주의 부름을 받아 모습을 드러낸 케트라는 자연스럽게 바닥에 착지하며 고개를 숙였다.

"마력의 흔적은?"

"……그게 남아 있긴 한데 흔적을 추적해 보려고 해도 하멜의 시스템이 거부해 위치를 알 수가 없습니다."

"하멜의 시스템이 거부를 한다라……."

마법의 지배자라고 불려온 제이먼도 쉽게 건들지 못하는 게 하멜의 시스템이다. 좌표조차 알 수 없는 마력의 흔적이라면 감히 마법으로 이동이 불가능한 공간에 놈이 있단 의미일 것이다.

"어차피 폐기할 목적으로 두 번째 계획을 꾸리고 있긴 했지만 이리 허무하게 놓쳐 버릴 줄이야. 일단 마계 전 지역으로 정보원들과 디텍터들을 보내라. 혹시나 놈이 다시 나타날 수 있으니까."

"예. 알겠습니다."

"그리고 최근에 헨드릭 프로이스는 어떻지?"

"전해 들은 보고에 의하면 악몽의 탑에서 나온 이후로 다시 서열전에 집중하고 있다고 합니다. 다시 40위까지 서열을 복귀한 것으로 보아 슬슬 30위대 진입을 준비하고 있는 것 같기도 합니다."

"고작 2년 전까지만 해도 70위대 있던 망나니 놈이 이젠 30위대를 올려다보고 있는 건가. 정말 상상을 뛰어넘는 성장력이로군."

레비아탄의 영역에서까지 살아남았던 반전의 마왕. 가문의 도움이 있었다고는 하지만 흑마법사를 혼절시키고 영역 선포진을 파괴시킨 장본인은 바로 헨드릭이었다.

'아직까지 마왕성은 크게 발전하지 못했지만 성장하는 속도만큼은 인정할 수밖에 없겠어. 최대한 이번 가문전을 통해서 놈의 기세를 꺾는 수밖에.'

케트라를 돌려보낸 로이스는 품속에서 붉은 양피지를 꺼내 펼쳤다.

마계에 존재하는 가문의 이름들도 빽빽이 채워져 있는 내용들.

"결국 네놈도 범접할 수 없는 힘 앞에 처절히 무릎 꿇게 될 거다. 헨드릭 프로이스."

얼마 있지 않아 개최될 가문전이 벌써부터 기대가 되고 있었다.

[더 페이서 상단이 마법 아티팩트와 관련해 계약을 성사시켰습니다.]

[무역 중계소에 등록된 철광석이 판매됐습니다.]

[마력석 동굴에서 C급 마력석이 채광됐습니다.]

미리 눈여겨본 대로 로버트는 뛰어난 수완가였다.

맡겨놓은 세 개의 수입원을 시작으로 무역 중계소, 거래 계약, 물품 구입 등 다방면으로 활동을 넓히며 꾸준히 수익을 뽑아냈다.

특히 파이칸 고대 유적지와 숨겨진 거처에서 얻은 아이템 및 장비들이 상단의 자본으로 크게 영향을 끼쳤는데.

"오오, 이 정도 수준의 마법 아티팩트들이면 다른 가문들도 관심을 보일 게 분명합니다!"

유독 한성에게서 뜯어낸(?) 아티팩트들이 상당한 이득을 가져와 줬다.

"들었어? 그 더 페이서 상단이 바쿤에 소속되어서 다시 활동을 펼친다고 하는데."

"벌써 몇몇 마족들이랑 계약도 성사시켰다던데. 역시 로버트라고 해야 하나. 그래도 아직까지 경계할 정도는 아닌 것 같아."

"하긴 그렇지. 바쿤도 반전의 마왕이 이끄는 곳이긴 하지만 마왕성은 비교적 다른 마왕성보다 수준이 낮으니까."

아직 규모로 치면 초기 단계에 불과한 더 페이서 상단. 바쿤에서 마련한 자금을 통해 재기를 노리고 있었지만 마계의 다른 상단들은 미지근한 반응을 보일 뿐이었다.

하지만 로버트는 주변 시선에 굴하지 않고 천천히 입지를 다지며 철광석, 마력석, 아이템과 장비 등을 통해 상단을 알려가고 있었다.

"흐음. 슬슬 바쿤도 규모를 늘릴 때가 됐지. 너희들도 그렇게 생각하지 않나?"

한편 전속 대장장이인 잭은 다시금 가문의 건축가들을 불러 마왕성을 증축시킬 계획을 세우고 있었는데, 거의 노예 같이 일을 하고 있던 다른 대장장이들의 입장에선 한숨부터 나올 일이었다.

"또 얼마나 우리를 부려 먹으려고!"

"내 생에 가장 후회되는 일이 있다면 저택에서 저놈을 건드린 일일 거야."

"설마 마왕님께서 허가를 내리시는 건 아니겠지. 그래도 바쿤은 C급 마왕성이 된 지 얼마 안 됐잖아."

애써 희망을 걸어보는 대장장이들이었지만 안타깝게도 용찬의 곁에는 그레고리가 있었다.

"마왕님. 영역을 늘리시기 전에 마왕성의 규모를 키우는 것도 꼭 필요한 일입니다. 재정은 충분하니 이번 기회에 10층까지 규모를 늘리시지요."

"으음. 그러는 게 좋겠지. 미리 가문에 통신을 보내놓도록."

"알겠습니다."

결국 바쿤은 8층에서 10층으로 증축이 결정 났고 얼마 되지 않아 증축에 들어가게 됐다.

[프로이스 가문에서 건축 기술을 가진 마족들을 파견했습니다.]
[로버트가 증축에 필요한 자재들을 구매했습니다.]
[바쿤의 대장장이들이 불만을 느끼고 있습니다.]

점점 C급 마왕성에 걸맞게 발전하고 있는 바쿤. 물론 당장은 구색을 갖추는 것에 불과했지만 차근차근 달라지는 것이 선명히 보였다. 그리고 최근 들어 가장 눈에 띄게 변한 것이 또 한 가지가 있었는데 그것은 다름 아닌 아이리스가 심어둔 씨앗들이었다.

"대체 무엇을 심은 거야. 저거 진짜 식물 맞아?"

"아앗. 헥토르. 건들지 마! 한창 애들이 무럭무럭 자라고 있다고. 지금이 가장 민감할 시기야!"

"……민감한 것을 떠나서 엄청 광폭해 보이는데?"

정원사 고유 특성들 때문인지 성장에 탄력을 받았던 인공 씨앗과 정체불명의 씨앗.

인공 씨앗 같은 경우 보통 식물처럼 천천히 줄기를 키워가고 있었지만 반대로 정체불명의 씨앗은 어떤 종류의 식물인 것인지 하늘을 향해 큰 덩쿨만 쑥쑥 자라나고 있었다.

[마계의 네펜데스]
[등급:?]
[상태:성장 중]

'수상하다고 여기긴 했지만 정체불명의 씨앗이 네펜데스의 씨앗이었을 줄이야. 설마 저 큰 봉오리가 놈의 머리인 건가.'

식물형 몬스터라고 알려진 네펜데스. 거대한 꽃과 비슷한 생김새를 가진 것은 물론 봉오리 속에 날카로운 이빨을 숨긴 채 접근하는 생물체를 단숨에 집어삼키는 고정형 몬스터 중 하나다.

원래는 숲 혹은 정글 필드에 자주 출몰하는 몬스터로 알려져 있었지만 눈앞의 네펜데스는 씨앗을 통해 절망의 대지에 뿌리를 내린 특이한 케이스였다.

"자, 얼른 재한테도 물 주고 와!"

"으윽. 쟤는 싫어. 생긴 것 자체가 무섭다고!"

"아앗. 어딜 도망가는 거야. 같이 물 준다고 약속했잖아!"

아이리스에게서 뒤꽁무니 빠지게 달아나는 헥토르.

잠시 그 광경을 지켜보던 용찬은 이내 꿈틀거리는 네펜데스를 올려다봤다.

'……네펜데스라. 우선 좀 더 지켜봐야겠군.'

갈수록 정원이 되어가는 바쿤이었다.

"호오. 이것은 멀록의 가죽이로군요."

"한눈에 알아보는군. 전에도 이런 재료를 다뤄본 적이 있는 거냐?"

"물론입니다. 제 손을 안 거치고 간 가죽은 거의 없다고 단언할 수 있습니다. 이것도 얼마 되지 않아 장비로 탄생하게 되겠죠."

재봉에 대한 월트릿의 자신감은 대단했다. 무려 20여 년 동안 가문을 위해 일을 해온 그는 재봉 방면으로 엄청난 숙련도를 자랑했고, 재료를 보는 눈 또한 상당히 뛰어난 듯했다.

아마 저택에서도 펠드릭을 위해 수백, 수천 벌의 옷을 제작해 왔을 것이다.

때문에 용찬도 월트릿이 상당한 인재인 것을 자각하고 거대 멀록의 가죽을 건넨 상황이었다.

"그러면 그 가죽을 통해서 이 건틀렛을 강화시키는 것도 가능하겠군."

"가능하다마다요. 이미 잭 펠터 님과도 인사를 나눈 상태입니다. 잭 님과 함께 심혈을 기울여 작업을 해보도록 하죠."

"부탁하지."

비교적 다른 장비들 사이에서 아쉬움을 느꼈던 기간트 건틀렛이다.

이번 기회를 통해 무기만 제대로 보완이 된다면 좀 더 수월한 전투도 가능해질 것이다.

그렇게 생각한 용찬은 나머지 필요한 재료들을 월트릿에게 건넨 뒤 지하 감옥으로 내려왔다.

철그렁! 철그렁!

유난히 흔들리는 한 쌍의 족쇄.

거의 이틀 동안 감옥에 갇혀 있던 한성이 마력을 억제하는 족쇄를 부여잡고 발버둥을 치고 있었다.

하지만 그것도 잠시.

천천히 계단을 타고 용찬이 내려오자 그가 눈을 번뜩이며 고개를 돌렸다.

"너, 너! 날 이런 곳에 가둬놓고 대체 어딜 갔다 오는 거야!"

"이젠 아주 막 나가는군. 지금 네가 처한 상황이 어떤지는 알고나 있는 거냐."

"하. 잘 알지. 아주 잘 알고 있다고. 그래서 미쳐 버릴 거 같다. 됐냐!"

샤들리 가문에 사로잡혀 도구로 활용되던 나날들이었다.

그러던 도중 용찬의 도움을 받아 간신히 탈출했건만 어찌된 것인지 이번에는 또 다른 마왕성에 붙잡혀져 있었다.

한성의 입장에선 너무도 어처구니가 없었다.

"분명 플레이어였잖아. 근데 어떻게 마왕인 거야. 아니, 내가 무슨 말을 하고 있는 거래. ×발!"

"횡설수설하는 것 보니까 아직까지 믿지 않는가 보군."

"당연하잖아. 마왕인데 플레이어라니. 말도 안 되는 조화잖아. 단순히 플레이어 행세를 하는 것도 아니고 시스템까지 이용하는데 내가 이걸 어떻게 받아들여야 하냐고!"

"착각하는 게 있는데 말이지."

"뭐?"

쇠창살을 부여잡고 있던 한성의 안색이 굳어졌다.

마치 심장을 죄어오는 듯한 살기.

서서히 사방으로 기세를 흩뿌리던 용찬이 그를 내려다보며 말했다.

"이걸 어떻게 받아들이는지는 중요하지 않아. 넌 그저 계약한 대로 내게 정보만 불면 돼."

"……."

"설마 지금 이 자리에서 죽고 싶은 건 아닐 테지?"

거래 계약서에 명시된 내용엔 샤들리 가문에 대한 정보도 함께 포함되어 있었다. 정확한 기한은 정해져 있지 않았지만 지키지 않을 시 계약 상 패널티를 받는 것은 지극히 당연한 운명이었다.

'이 자식. 설마 여기서 계약서를 찢어버리는 건 아니겠지?'

보통 명시된 조건들이 이행되면 계약서는 자동으로 소멸된다.

하지만 조건들이 이행되지 않은 상태에서 계약서를 찢을 시 시스템이 자동으로 패널티의 대상자를 판별한다. 그리고 계약의 조건을 이행하지 않은 대상자는 바로 자신.

한성은 소멸당할 수도 있단 생각에 몸을 부르르 떨며 머리를 굴렸다.

'그래. 지금 이놈이 마왕이든 플레이어든 무슨 상관이야. 당장 내가 죽게 생겼는데! 분명 저놈도 정보를 받아낸 다음 어떻게든 날 이용하려 들 거야. 그게 아니면 날 목격자라고 치부하

고 제거하던지. 그러니까 일단은……'

순전히 자신의 목숨줄을 붙잡고 있는 자는 용찬이었다. 이도 저도 안 된다면 차라리 머리를 조아리는 것이 가장 현명한 판단일 터.

연달아 마족들에게 붙잡힌 것이 억울하긴 했지만 감정에 휩싸이는 순간 자신의 목이 날아갈 것이 분명했다.

하지만.

'자기를 어떻게 할지 벌써부터 두려운 것이겠지. 하지만 네놈이 머리를 굴려봤자 변하는 것은 없어.'

그런 한성의 속내를 일찌감치 파악하고 있던 용찬은 더 이상 고민할 시간조차 주지 않고 다시 그에게 물었다.

"자, 선택해라."

"……만약 정보를 다 불면 전 어떻게 되는 겁니까."

"그건 네놈의 상상에 맡기도록 하지."

이 얼마나 가혹한 시련일까.

더 이상 고민의 여지도 주어지지 않는 상황 속에서 한성의 얼굴이 서서히 창백해지고 있었다.

그리고 마침내 그의 입이 열리는 순간.

[영입 조건을 만족했습니다!]

[플레이어 유한성을 영입하시겠습니까?]

[YES/NO]

전혀 의외의 메시지가 눈앞에 나타났다.

🐐

[블랙 놀 궁수가 프레스 샷을 시전하고 있습니다.]
[헥토르가 룬 화살을 시전했습니다.]
[레이버스 장갑의 효과가 발동됩니다.]

예상대로 레이버스 장갑의 효과는 탁월했다.

기존 룬 화살의 시전 속도는 5초.

하지만 장갑에 달린 스킬이 발동하는 순간 시전 속도는 3초로 확연히 줄어들었다.

-깨앵!

-어디서 우리 병사들을 노리려고!

지금처럼 상대 궁수가 스킬을 쓰기 전에 먼저 적을 사격해 스킬 시전을 끊을 수도 있다.

헥토르는 새로 얻은 장비를 통해 계속해서 후방의 놀들을 사격했고, 선두에 있던 놀 전사들이 달려들자 라이언 부대가 잽싸게 앞을 막아섰다.

-몬스터! 하등한!

-크르르르!

[ㅁㅅㅁ]

파이칸 고대 유적지에서 두 번째 의사소통 장비를 얻은 쿨단은 갈수록 도발에 능숙해지고 있었는데, 최근에는 인공지능 목소리와 함께 이모티콘까지 사용하며 적들의 분노를 쉽게 이끌어내고 있었다.

그리고 라이언 부대가 천천히 3층으로 물러나는 순간.

펑! 퍼엉! 펑!

계단에 설치되어 있던 위르겐의 폭탄들이 연달아 터져 나갔다.

-페페페펭. 골드가 우리를 기다린다. 돌진!

-키에에엑!

-키에엑!

뒤따라 불한당 부대가 왼쪽 계단을 타고 배후로 파고들자 놈들은 완전히 앞뒤로 병사들에게 둘러싸이게 됐다.

이로써 마왕성에 침입한 놈들은 2층에 완전히 갇혀 버린 상황.

화면을 통해 그 광경을 지켜보고 있던 용찬은 함정과 방어 수단을 놓고 고민하다 이내 새로운 마력 코어를 꺼내 들었다.

"이번 기회에 한 번 시험해 보는 것도 나쁘지 않겠지."

"현명한 생각이십니다. 마왕님."

"첫 번째는 탄력. 그럼 두 번째는 무엇일까."

마침 지시대로 병사들이 3층으로 물러난다.

왕좌에 끼워져 있던 붉은빛의 마력 코어를 빼내고 푸른빛의 마력 코어를 끼우자 두 개의 메시지가 떠올랐다.

[마왕성 바쿤의 두 번째 특성이 발현됩니다.]
[효과를 발동할 위치를 지정해 주십시오.]

층 단위로 상세히 표시되어 있는 바쿤의 구조들.

탄력 특성 때처럼 범위를 설정할 수 있는 것인지 층별로 붉은빛이 반짝거렸다.

대충 방법을 확인한 용찬은 2층에서 몰려오는 놀들을 보며 곧장 2층을 택했고, 얼마 되지 않아 놀들의 신형이 바닥으로 툭 꺼졌다.

쿠구구궁!

마치 사태후의 압도를 연상케 하는 중력이 복도로 작용된다. 강제적인 힘에 의해 짓눌린 놀들은 저항할 여력도 없이 바닥에 머리를 박고 있어야만 했다.

'탄력 다음은 중력인가. D급 놀들이 저렇게 꼼짝 못 하는 것을 봐선 위력은 쓸 만한 것 같고. 남은 것은 탄력처럼 함정과 방어 수단에 효과가 적용되는지 알아보는 거겠지.'

서서히 2층의 놀들을 마무리하는 바쿤의 병사들.

새로운 마왕성의 특성을 확인하는 동시에 침입한 몬스터들까지 완벽히 전멸시키고 있었다.

[마왕성:바쿤]
[등급:C]
[동맹:무]
[용병:루시엔,위르겐,록시]
[위치:절망의 대지 최남단]
[재정:3,182,759 골드]
[수입원:라딕 던전, 요르스 철광산, 마력석 동굴, 더 페이서 상단]
[병력:C]
[방어력:C]

로버트가 본격적으로 상단 활동을 벌이면서 더 페이서 상단도 완전히 바쿤의 수입원으로 등록이 됐다.

이제 총 수입원은 네 개. 그중 라딕 던전은 마왕성에 필요한 젬을 꾸준히 채워주고 있었고, 철광산과 마력석 동굴에선 재료 및 거래품으로 통하는 광석들이 줄줄이 나와주고 있었다.

덕분에 바쿤의 재정은 안정화되고 있었고 이번에 추진한 바쿤의 증축도 착착 진행되고 있는 상태였다.

'이만하면 병사들에게 새로운 장비를 맞춰줘도 괜찮겠지. 증축이 끝나는 대로 잭과 월트릿에게 지시를 내려야겠어.'

필요한 재료들과 물자를 구매할 골드는 충분하다. 중간에서 더 페이서 상단이 조율까지 해준다면 더욱 적당한 가격에 물품들을 구매할 수도 있을 터. 당장 시급한 것은 한조와 실버 부대를 위한 천, 가죽 장비들일 것이다.

그렇게 생각을 정리한 용찬은 인벤토리 속에서 몇 가지 아이템 및 장비들을 꺼냈다.

[랜덤 의상 상자를 사용했습니다.]
[바린의 가죽 셔츠가 지급됩니다.]

가장 먼저 개봉한 것은 악몽의 탑에서 얻은 랜덤 의상 상자. 그리고 안에서 나온 것은 레어급 가죽 장비였다.

'검술 숙련도와 기력을 상승시키는 효과라. 딱히 고민 안 해도 줄 병사는 정해져 있군.'

무게마저 적당한 상의였기 때문에 특별히 이동 속도 및 공격 속도에 영향도 끼치지 않았다. 용찬은 망설일 것도 없이 루시엔을 불러 바린의 가죽 셔츠를 건넸다.

"여기 새로운 장비다. 원래 착용하고 있던 가죽 셔츠보다 효율이 뛰어나니 이걸 쓰는 게 좋을 거다."

"가, 감사합니다."

새로운 장비가 만족스러운 것일까.

어색하게 고개를 숙이면서도 기뻐하는 것이 얼굴에 뻔히 드러났다.

하지만 용찬은 무심한 눈길로 금방 그녀를 돌려보냈고 다음으로 켄을 불러들였다.

"이건 바분의 뿔피리라는 거다. 피리를 부는 즉시 병사들의 사기와 스킬 위력이 소폭 증가하니 부대를 이끌 때마다 들고 다녀라."

"키에엑. 키엑!"

랜덤 의상 상자와 동일하게 악몽의 탑에서 얻은 바분의 뿔피리.

주로 지휘관들이 병사들을 이끌 때 사용되는 아이템으로서 불한당 부대의 돌파력을 상승시키기엔 가장 안성맞춤인 효과를 가지고 있었다.

한때 칸이 렌탈의 수정 목걸이를 건네받던 것을 그저 바라만 봐야 했던 켄은 뿔피리를 손에 쥔 채로 환호성을 내질렀다.

"키엑. 키에엑!"

"음?"

"키에엑!"

"흐음."

무언가 감사를 표현하려는 것일까.

갑자기 켄이 고개를 끄덕거리면서 말을 중얼거렸지만 도통 알아들을 수 없었다.

"시끄럽다. 얼른 광석이나 캐러 가라."

"……키엑."

결국 켄은 최상층에서 쫓겨나 본래 업무로 돌아가게 됐다.

아마 한동안은 계속 병사들과 함께 라딕 던전에서 광석을 캐야만 할 터.

그제야 용찬은 고요해진 방 안에서 공용 스킬북과 특성북을 꺼내 들었다.

'직업 전용이 아닌 만큼 신중히 선택해야겠는데. 그럼 일단 후보는 위르겐, 로드멜, 쿨단 정도인가.'

특성상 NPC들은 직업 전용이든 공용이든 그다지 경계가 없다. 가끔씩 다른 자들의 직업 전용 기술들마저 자신만의 방식으로 훔쳐 배우는 경우도 있지 않던가.

그 좋은 예시가 바로 루시엔이 배운 반격이었고 말이다.

하지만 그런 경우엔 상당한 시간을 들여 수련을 하거나 전투 경험을 쌓아야만 했고, 특히 스킬북이나 공용북 같은 경우 한 번 사용하면 그대로 기술이 고정되기 때문에 이상한 기술이 걸려도 직업에 크게 영향이 없는 병사들로 골라야만 했다.

'역시 위르겐이 가장 적당하겠어.'

고민 끝에 내린 결정은 디텍터인 위르겐.

손에 쥔 두 권의 책이 사라짐과 동시에 눈앞으로 메시지가 떴다.

[위르겐에게 '죽은 척하기' 스킬이 부여됩니다.]
[위르겐에게 '교묘한 손놀림' 특성이 부여됩니다.]

"……."

크게 기대를 건 것은 아니었지만 너무도 최악의 결과가 나왔다.

죽은 척하기 스킬은 말 그대로 시체처럼 위장하는 효과. 그리고 교묘한 손놀림은 아이템과 골드를 회수하는 속도를 상승시켜 주는 효과를 가지고 있었다.

용찬은 어이없는 스킬과 특성에 이마를 짚은 채 한숨부터 내쉬었다.

끼이익!

마침 방 안으로 들어선 그레고리가 축 가라앉은 분위기를 눈치채고 조심히 다가왔다.

"무슨 일이십니까. 마왕님?"

"쯧. 아무것도 아냐. 그나저나 지시 내린 것은 어떻게 됐지?"

"예. 알아본 결과 아직까지 악몽의 탑에서 돌아오지 않은 것으로 확인되고 있습니다. 아마 한동안은 선전포고도 불가능할 것 같습니다."

단숨에 서열 40위까지 복귀했던 바쿤. 지금은 다시 39위를 코앞에 두고 있는 상황이었지만 예기치 못하게 39위 마왕이 자리를 비우면서 서열전을 치르지 못하는 상태였다.

'오만한 것은 너희들이지. 39위 마왕 게펄트라고 했었나. 역소환 능력을 믿고 설치다가 팔람님의 손에 감옥에 갇히게 됐지. 너희들이라고 해서 다른 것은 없어.'

우연히 팔람의 수하들에게서 들었던 말들이 떠올랐다.

만약 놈들의 말이 맞다면 39위 마왕 게펄트는 27층 감옥에 수감되어 있을 것이다.

'하지만 이상하군. 분명 마왕들에겐 마왕성으로 귀환할 수 있는 능력이 추가로 있을 텐데. 어째서 아직까지 27층에서 돌아오지 않고 있는 거지?'

혹여 팔람에게 귀환 기능을 저지할 수 있는 능력이 있다면 감옥에 갇혀 있는 것도 어느 정도 설명이 된다.

하지만 그렇게 되면 바쿤은 계속 40위에 머물러 있어야만 했다.

"게펄트의 가문에선 특별히 들려오는 소식 같은 건 없는 건가?"

"지금까진 그런 듯합니다."

"흐음. 지금 27층엔 그놈들밖에 없을 텐데. 한 달 뒤에 다시 악몽의 탑에 들어가 봐야 되나."

대도시 굴람에 남겨두고 왔던 네 명의 마왕.

뒤늦게 통신 수정구를 통해 역소환되었다고 소식을 전하긴 했지만 한창 목표를 수행하기 바쁜 그들에게 게펄트에 대한 것까지 따로 맡기는 것은 불가능해 보였다.

당장은 수행 과제를 클리어하며 마왕성에 집중할 수밖에 없을 터.

그레고리도 그 사실을 눈치챈 것인지 눈을 반짝이며 얼굴을 들이밀었다.

"마왕님. 특별히 목적지가 없으시다면 한동안은 영역에 신경 쓰시는 게 좋지 않겠습니까?"

"그렇긴 할 테지."

"그럼 오늘부터 수행 과제……."

"우선 그것보단 로버트에게 맡긴 일은?"

"크흠흠. 죄송합니다. 제가 그것을 깜빡했군요. 마왕님께서 언급하셨던 검은 운석의 조각은 안타깝게도 시중에서 찾을 수 없었습니다. 제가 따로 정보 길드까지 이용해 봤지만 결과는 마찬가지더군요."

흑마력과 함께 어둠의 기운을 소지하고 있던 검은 운석의 조각이다.

한성이 그것을 통해 자신의 목숨을 위협하려 하기도 했듯이 조각에 내재된 기운은 상당했다.

출처만 알 수 있다면 계속해서 어둠의 속성력을 상승시킬 수도 있을 터.

'마계가 아니라면 대륙이라는 건데. 이것도 역시 그놈이 알고 있으려나.'

용찬은 인벤토리에 남겨둔 아티팩트를 보다 이내 감옥에 있던 한성을 떠올렸다.

"말하겠습니다. 제가 알고 있는 마계의 정보들 전부 다."

끝내 목숨을 건지기 위해 마지막 계약 조건을 이행했던 유한성. 덕분에 그가 모아왔던 마계의 정보, 샤틀리 가문의 세부 사정 등 속속히 알게 되었지만 아직 처우에 대한 판단이 서지 않았다.

특히나 흑마법과 연금술 관련으로 활용도가 깊었기 때문에 계속 감옥에 가둬놓고 있는 상태였다.

"혹시 그 흑마법사를 병사로 받아들일 생각이십니까?"

"그건 좀 생각을 해봐야겠지."

"마왕님께서 아시다시피 아이리스만 해도 새로 온 가문의 마족들 때문에 로브로 인상착의를 가리고 다니는 상태입니다. 물론 일부 마족들은 인간들과 비슷한 생김새를 가지고 있긴 하지만 몇몇 마족들은 금방 인간인 것을 알아챌지도 모릅니다. 그런 가운데 또 한 명의 인간을 추가로 받아들이게 된다면 들킬 가능성이 더욱 높아지겠죠."

그레고리의 말마따나 언젠가는 마왕성에 인간이 있다는 것을 들킬 운명이었다.

어떤 변명을 하더라도 마계에서 인간은 척살해야 할 대상이나 다름없는 존재.

때문에 용찬의 고민도 자연스레 길어질 수밖에 없었다.

"으음. 일단 놈에 대한 것은 보류해야겠어."

"저도 그게 좋다고 생각합니다. 그러면 이제 영역에 대해서 다시금 말씀을……."

은근슬쩍 영역에 관한 서류를 들이밀던 찰나, 테이블에 올려져 있던 통신 수정구가 울렸다.

어쩔 수 없이 그레고리는 서류를 집어놓은 뒤 통신을 받았고 얼마 되지 않아 용찬에게로 고개를 돌렸다.

"드디어 헤르덴 상단의 행방을 찾은 모양입니다. 가문에서 렐슨 님과 흑창대 분들을 파견해 추적에 나서고 있다고 합니다."

"단순히 그걸 알려주려고 통신한 건가?"

"으음. 아닙니다. 가주님께서 마왕님께도 따로 한 가지 지시를 내렸습니다."

"지시?"

펠드릭이 바쿤에 방문한 당시 언급했던 헤르덴 상단과 픽스 파이멀린.

프로이스 가문이 먼저 헤르덴 상단을 맡았다면 나머지는 픽스 파이멀린에 관한 일밖에 없었다.

그리고 용찬의 추측은 정확히 들어맞았다.

"준비가 끝나는 대로 나이언 님과 함께 파이멀린 가문으로 출발하라는 지시입니다."

"……."

단 한 명을 제외하고 말이다.

◀ 52장 ▶
과거의 잔재

켄드릭 프로이스.

무려 백여 년간 가문을 지탱한 기둥이자 홍염의 창시자라고 불린 프로이스 가의 3대 마왕이다.

그리고 그를 보좌해 온 네 명의 마족.

바로 현세대의 원로로 통하는 굴쉬, 마델, 포비온, 나이언이었다.

그중에서도 특히 나이언은 용병 출신으로서 정신계에 특화된 마법사였는데, 이번 파이멀린 가문의 일정에 참여하게 된 것도 픽스를 치유하기 위한 이유가 컸다.

"마왕님께서도 아시다시피 현재 픽스 님은 서열전에서 패배한 충격 때문에 정신 상태가 최악에 다다라 있습니다. 아마 저희 가문에서 제시한 요구의 대가로 픽스 님의 정신 치유를 부탁한 것이겠죠. 어쩌면 픽스 님을 통해 헤르덴 상단의 정보를 알 수 있는 기회일지도 모릅니다. 혹은 픽스 님까지 샤들리 가문과 접점이 있었을지도 모르죠. 우선 그것을 알아내는 것이 급선무일 것 같습니다."

계획적으로 베텔에 들어가 바쿤을 노렸던 헤르덴 상단.

샤들리 가문과 이어지는 실마리를 얻기 위해선 픽스의 정신부터 정상으로 돌려놓은 후 입을 열게 만들어야 했다.

때문에 펠드릭도 어쩔 수 없이 그를 붙여준 듯 보였지만 용찬의 입장에선 숨겨진 다른 속내도 있는 것처럼 느껴졌다.

'그러고 보니 파이멀린 가문이 얼음을 다루고 샤들리 가문이 원조 격인 물을 다루던가. 속성력으로 따진다면 순수한 수 속성인 샤들리 가문이 압도적일 수밖에 없겠군.'

물론 속성력 차이가 있다고 해도 서열이 낮은 것은 순전히 픽스의 탓이리라.

용찬은 손 위로 뇌전을 발현하며 르네의 밤에서 만난 로저스를 떠올렸다.

'이 모든 게 자네와 나 때문에 벌어진 일이란 것은 잘 알고 있겠지?'

전대 서열전부터 이어져 온 두 가문의 충돌. 어찌 보면 놈과의 대화를 통해 가문의 사정을 알게 된 것이나 다름없었다.

'샤들리 가문에서 가문전을 준비하고 있습니다. 상대가 누구인지는 모르겠지만 샤들리 가문의 대표로 침묵의 마왕이 출전한다고 하더군요. 얼핏 들은 바로는 현세대의 마왕이 가문의 병력을 통솔해 다른 가문의 마왕과 전쟁을 치르는 방식인 것 같은데…….'

'같은데?'

'아, 더럽게 재촉하네. 상대가 당신네 가문이 될지도 모른다는 소리라고. 헉! 내가 또 무슨 소리를. 아이고. 제가 그만 실수를 저질렀…… 꾸엑!'

한성의 입에서 다시금 언급되기도 했던 가문전이다. 특히 놈에게서 얻어낸 병력 및 계급 체계 등 샤들리 가문의 주요 정보들로 추정해 봤을 때 가문전의 방식은 대규모 전쟁일 가능성이 컸다.

'그리고 레비아탄도 살아서 돌아왔다고 했었지. 그러면 지금까지 밝혀진 주요 병사들은 케트라, 레비아탄, 벨리스 정도라고 생각하면 되겠군.'

적들의 정보를 미리 파악하고 있는 것만큼 그에 따른 대처법도 슬슬 생각해 둬야 할 것이다.

골똘히 생각에 잠겨 있던 용찬은 바닥을 샅샅이 뒤지고 있는 칸과 켄의 모습에 정신을 차렸다.

"대체 거기서 뭐 하고 있는 거냐."

"키엑. 키에엑."

"혹시 떨어진 골드가 있지 않을까 싶어 찾아보고 있는 중이라고 합니다."

대답은 로드멜의 입에서 나왔다.

미리 제스처와 상태 체크 특성을 배워둔 덕분인지 고블린의 말도 착착 알아듣는 모양이다.

용찬은 롱 담 거리를 오가는 주변 마족들의 시선에 한숨을 내쉬었다.

[44. 칸과 켄을 데리고 파이멀린 가문으로 향하십시오.]

수행 과제만 아니었더라면 진작에 다른 용병이나 병사를 데려왔을 것이다.

'뭐, 이놈들도 네임드 병사이긴 하니까 신경은 써줘야겠지. 수행 과제도 그에 따른 보상을 줄 테고 말야.'

항상 데리고 다니는 용병과 병사들이 고정되어 있는 것도 문제가 되긴 했다.

물론.

"키엑."

"키에엑!"

위르겐에게서 쓸데없는 것을 배운 칸과 켄은 골치가 아팠지만 말이다.

"아, 저기 혹시 헨드릭 프로이스 님 아니신가요?"

"음. 너는?"

한참 자리에서 대기하던 도중 한 마족 여인이 다가왔다.

헨드릭 몸으로 처음 롱 담에 방문했을 때 그레고리의 소개로 알게 됐던 상점주인. 그리고 그레고리를 마음에 두고 있는 듯했던 여인.

"그때 필라나라고 소개를 하긴 했는데 기억하실지 모르겠네요."

바로 필라나였다.

"그때 그 상점 주인이군."

"너무 달라지셔서 몰라뵐 뻔했네요. 최근에 소식은 들었어요. 서열 40위까지 올라가셨다고 하던데 축하드려요."

"그래서 할 말은 그게 전부냐?"

"아, 아뇨. 사과도 드리고 싶어서요. 그때 제 무례를……."

다그닥! 다그닥!

필라나가 고개를 숙이던 찰나, 정면에서부터 마차가 달려왔다.

새겨진 문양을 보아 프로이스 가문의 전용 마차일 터.

"할 말이 있으면 직접 바쿤으로 찾아와라. 거기에 그레고리도 함께 있을 테니."

"네, 넷?"

"그럼 난 이만 가보지."

용찬은 얼굴이 붉어진 그녀를 내버려 두고 병사들과 함께 마차로 다가갔다.

문이 열리자마자 보이는 익숙한 안면. 한눈에 봐도 석연치 않는다는 것이 느껴지는 원로 나이언이었다.

"아직도 다른 여자들에게 추파를 던지고 다니는 거냐."

"그런 것 아닙니다."

"……타라. 갈 길이 바쁘니."

그렇게 어색한 동행은 시작되었다.

롱 담에서 파이멀린 가문의 저택까지 그리 먼 거리는 아니었다. 다만, 도시 사이에 속해 있는 란드로스 가문의 저택과 달리 파이멀린 가문은 산맥을 하나 끼고 있었고 따로 게이트가 설치되어 있지 않다 보니 직접 통행 수단을 통해 저택으로 넘어가야 했다.

때문에 일행은 거의 몇 시간 동안 마차에 타고 있어야 했는데 문제는 한눈에 느껴지는 어색한 기류였다.

서로 눈도 마주치지 않고 묵묵히 자리에 앉아 있는 용찬과 나이언. 둘 사이에 껴 있는 로드멜은 괜히 슬금슬금 눈치만 보고 있는 상황이었다.

'제발 파이멀린 저택에 얼른 도착하기를. 여기 더 이상 있다간 그대로 숨이 막혀 죽어버릴 거야.'

내심 두 번째 마차에 올라탄 칸과 켄이 부러워지고 있었다.

하지만 돌연 마차를 나가 버릴 수도 없는 입장이었고 결국 도착할 때쯤이 돼서야 꾹 막혀 있던 숨을 편히 내쉴 수 있었다.

"벌써부터 나가떨어지려 하다니. 바쿤의 치료술사는 이리도 체력이 나약했던가."

"윽. 죄, 죄송합……."

"프로이스 가문의 치료술사이기도 했습니다. 틀립니까?"

로드멜을 중간에 두고 충돌하는 용찬과 나이언의 눈빛.

넙죽 고개를 숙이고 있던 로드멜은 식은땀만 뻘뻘 흘렸다.

하지만 그것도 잠시.

정면에서부터 파이멀린 가문의 경비병들이 다가오자 둘의 고개도 금세 그쪽으로 돌아갔다.

"파이멀린 가문의 경비대장 홉킨스입니다. 가주님의 명을 받고 나이언 님과 헨드릭 프로이스 님을 모시러 왔습니다."

"키에에엑!"

"키엑?"

홉킨스의 인사에 가장 먼저 반응한 것은 칸과 켄이었다.

불뚝 튀어나온 배. 짜리몽땅한 키. 그리고 자신들과 흡사한 녹색 피부까지.

가문의 경비대장이 동족이라는 것에 놀라고 자연스럽게 하멜 공용어를 구사하는 것에 또 한 번 놀라는 그들이었다.

"이분들은?"

"바쿤의 병사들이다. 칸, 켄. 그리고 뒤에 치료술사인 로드멜까지."

"아, 확인됐습니다. 그럼 저택까지 안내하겠습니다."

도저히 고블린이라고 생각이 들지 않을 정도로 절도 있는 자세가 느껴졌다.

그렇게 홉킨스는 일행을 데리고 안내를 시작했고 칸과 켄은 중간중간 그의 뒷모습을 보며 눈을 빛냈다.

[수행 과제를 클리어했습니다.]

[보상이 지급됩니다.]

[칸의 진화 조건이 갱신됐습니다.]

[켄의 진화 조건이 갱신됐습니다.]

'진화 조건이라고?'

반면 용찬은 뜻밖의 메시지에 당황하고 있었다.

현재 칸과 켄은 일반 고블린에 불과한 상태. 만약 자신이 생각하는 진화가 맞다면 조건 달성 시 그들에게 어떤 변화가 일어날지 모르는 일이었다.

[칸:홉킨스와의 대결에서 승리 0/1]
[켄:홉킨스와의 대결에서 승리 0/1]

'설마 수행 과제의 의도가 이것 때문이었나.'

몬스터들이 단계별로 진화를 거친다는 설은 얼핏 들은 것이 있다. 동일한 종족이라도 서로 외형이 다르고 특징도 다른 개체가 존재하게 마련이다.

"한심하군. 가문의 경비 대장을 홉 고블린 따위에게 맡겨놓다니. 얼마나 중요한 직책인지도 모르는 건가."

곁에 있던 나이언은 홉킨스를 경멸하는 시선으로 쳐다보고 있었지만 사실상 몬스터라고 불리는 종족들에게도 무한한 가능성은 펼쳐져 있었다. 특히나 회귀 이전 몇 차례 그런 경우를 겪어봤던 용찬이었기 때문에 더더욱 진화한 몬스터들을 가볍게 여기지 않는 상태였다.

"도착했습니다. 여기가 파이밀린 가문의 대저택입니다."

견고한 성벽들 사이에 둘러싸인 은색 거성. 마치 철옹성처럼 산맥을 끼고 지어진 성채는 저택이라 부르기 어려울 정도로 웅장했다.

그리고 홉킨스를 따라 성채 안으로 들어서자 금방 이동 마법진이 보였다.

"여기서부턴 나 혼자 가도록 하지. 넌 여기서 대기하도록 해라."

"그것도 가주님의 명입니까?"

"원로의 의견이 곧 가문의 뜻이다. 항상 그것을 명심해 둬라. 헨드릭 프로이스."

"……."

홀연히 등을 돌리고 이동 마법진으로 들어가 버리는 나이언.

그의 뒷모습을 바라보던 도중 불현듯 동기화율로 인해 봤던 기억들이 떠올랐다.

'아니야. 나는 이런 것까지 바라지 않았어. 그저 프로이스 가문을 위해 줄곧 의견에 반대해 왔던 것뿐이야. 그런데, 그런데 어째서!'

'…….'

'어째서 네놈이 이런 짓을 저지르는 것이야!'

마치 배신당했던 자신처럼 울분을 터트리던 그의 목소리가 귓가에 맴돈다. 녹색 매 가면을 쓴 마족과 쓰러져 있던 나이언. 그리고 복부에 비수가 박혀 있던 펠드릭까지.

아직 해결되지 않은 의문점들이 너무도 많았다.

'어쩌면 그 의문을 풀 실마리가 저놈일 수도 있겠지.'

용찬은 이동 마법진이 발동되는 것을 확인한 후 고개를 돌렸다.

"설마 날 여기 계속 세워둘 생각은 아니겠지?"

"따로 가주님께 그런 명을 받은 적은 없습니다."

"그럼 상관없겠군. 시간이라도 때울 겸 난 저놈을 데리고 저택 내를 둘러보도록 하지."

"그런 것이라면 제가 직접⋯⋯."

"아니, 넌 저 두 놈을 데리고 연무장으로 가라. 혹시 저택 내에 연무장이 없는 것은 아니겠지?"

용찬이 직접 경비병을 택해서 데려가려고 하자 홉킨스가 눈살을 찌푸렸다.

정작 경비 대장인 자신이 안내를 맡아야 할 것은 마왕이지 않던가. 한데, 갑자기 바쿤의 병사들을 연무장으로 데리고 가라니.

당최 이해할 수 없는 명령이었다.

하지만 그렇다고 해서 저택에 정식으로 초청된 손님들을 가볍게 여길 수도 없는 노릇.

할 수 없이 홉킨스는 고개를 끄덕이며 칸과 켄을 데리고 반대쪽 복도로 향했다.

[백랑의 계승자 홉킨스]

[등급:C]

[상태:불만]

'같은 동족임에도 불구하고 칸과 켄을 완벽히 무시하는 눈치지만 직접 상대해 보면 그 태도도 금방 달라지겠지.'

나머지는 칸과 켄의 몫일 것이다.

이제 남은 것은 혹시 모를 상황에 대비하는 것뿐.

"로드멜. 너도 함께 갔다 와라."

"음. 그렇군요. 알겠습니다."

다행히 눈치가 빠르던 로드멜은 재각 의미를 알아채고 반대편 복도로 달려갔다.

그제야 용찬은 마음 편히 지목했던 경비병과 함께 저택 내를 둘러보게 됐다.

[바쿤의 영역]

[등급:2단계]

[설치된 시설:최하급 울타리]

[상태:토지 정화(진행 중), 식물 성장(진행 중)]

수행 과제의 보상은 다름 아닌 바쿤의 두 번째 영역이었다.

보다 넓어진 붉은 선들이 여실히 눈에 들어왔지만 그리 만족스럽진 않았다.

'마왕성으로 돌아가면 시설들도 더욱 늘려봐야겠어.'

슬슬 마왕성의 등급도 올려야 할 시기였다. 그전에 미리 영역에 투자하는 것도 나쁘지 않은 선택일 것이다.

문득 영역에 대해 집념을 불태우던 그레고리가 떠오른 용찬은 혀를 차며 주위를 둘러봤다.

"여긴 궁전 쪽인가."

"예. 주로 가문의 일원 분들께서 사용하고 계시는 수정궁과 빙궁입니다."

경비병이 가리킨 곳엔 수정으로 지어진 궁전과 얼음으로 지어진 궁전이 나란히 자리 잡고 있었다.

성채에 비해선 그다지 크지 않은 건물이었지만 몇 명뿐이 일원들이 거주하기엔 충분할 터.

잠시 두 궁전을 바라보던 용찬은 자연스레 빙궁으로 발걸음을 옮겼다.

"앗. 거긴 지금⋯⋯."

"출입 불가인가?"

"그건 아닙니다만."

무언가 곤란한 사정이라도 있는 것일까.

경비병은 차마 길을 막지도 못한 채 곤란한 표정으로 눈을 굴리기만 했다.

"그럼 들어가도 된다는 소리군."

"……."

"곤란하다면 넌 여기 대기하고 있어라. 나 혼자 갔다 오도록 할 테니."

"아닙니다. 제가 안내해 드리겠습니다."

결국 용찬은 경비병의 안내를 받으며 빙궁으로 들어섰고 얼마 되지 않아 서늘한 한기가 느껴졌다.

과연 얼음의 권능을 다루는 파이멀린 가문답다고 해야 할까.

건축 재료로 사용된 얼음들은 날씨나 온도에 전혀 영향을 받지 않는 것인지 녹아내리지 않고 굳건히 건물을 지탱하고 있었다. 그리고 경비병을 따라 깊숙한 내부로 진입하자 어두컴컴한 방 안이 눈에 들어왔다.

'인기척이 느껴지는 것 같은데. 여기 누군가 살고 있는 건가.'

어느새 식은땀을 흘리며 한 발자국 물러나 있는 경비병.

고개를 갸웃거리던 용찬은 이내 어둠의 눈을 사용해 정면을 쳐다봤다.

"누, 누구야!"

"……너는."

그 시각, 지하 연무장에 도착한 홉킨스는 심기가 매우 불편했다.

정작 안내해 줘야 할 용찬은 다른 경비병을 데리고 저택 내를 돌아다니고 있고, 경비대장인 자신은 바쿤의 병사들과 함께 연무장을 둘러보고 있었다.

게다가 병사들로 보이는 고블린들의 도전적인 눈빛이란.

"키에에엑."

"키에엑!"

굳이 상대할 가치도 못 느끼는 놈들이었지만 갈수록 인내심의 한계가 찾아왔다.

"지금 뭐하자는 겁니까. 전 지금 가주님의 명을 받아 여러분들을 모시고 있는 상태입니다. 한데, 경비대장인 저와 대련을 하고 싶다니. 여러분들과 제 신분을 잊지 말아주시기 바랍니다."

"키에엑!"

"……한 수 배우고 싶다니. 과연 그게 가능할 거라 생각하십니까?"

단순히 그들보다 한 단계 높은 홉 고블린이라서 그런 것이 아니다.

야만적이고 포악하기만 하던 자신을 수련시켜 주었던 스승. 마치 기연같은 만남으로 인해 그에게 배운 백랑계 기술들은 섬세하면서도 강한 파괴력을 지니고 있었다.

눈앞에 있는 칸과 켄과는 기술 및 경험적인 측면에서부터 차이가 나는 것이다.

하지만 중간에서 그들을 지켜보고 있던 로드멜은 그렇게 생각하지 않았다.

"대화 도중 끼어들어서 죄송하지만 칸님과 켄님을 너무 얕잡아 보시는 것 같군요. 홉킨스 님이 얼마나 강한지는 모르겠지만 바쿤의 병사들도 결코 만만치 않습니다."

"설령 그렇다고 해도 경비대장인 저는 대련을 받아들일 수 없습니다."

"그러니까 저희들끼리 있는 지금 여기서 몰래 끝내면 되는 것 아니겠습니까."

"몰래 끝낸다?"

"전 치료술사입니다. 어떤 부상이 있더라고 해도 금방 치료해 드릴 수 있죠. 그렇게 되면 흔적도 남지 않지 않을 것 같은데. 어떻습니까?"

대부분 가문의 연무장들은 시설이 훼손되어도 자동으로 복원되는 기능을 가지고 있다.

일찍이 프로이스 가에서 일해온 로드멜은 그것을 알고 있었고 자신의 치유를 통해 부상으로 인한 대련의 흔적마저 지우려 했다.

그리고.

"아, 서로 동시에 다치게 되면 치유하는 시간이 다소 걸리긴 하겠군요. 그 부분만큼은 양해를 좀 부탁드립니다."

어색하게 머리를 긁적이는 그의 모습에 인내심이 무너져 내렸다.

처억!

날카로운 예기를 품은 은색 삼지창이 치켜세워진다.

"좋습니다. 그 대련 받아들이도록 하죠. 대신 후회하지 마시기 바랍니다."

"키에엑!"

"키엑!"

정련된 자세 속에서 홉킨스의 눈빛이 차분히 가라앉았다.

미리 샴쉬르와 몽둥이를 꺼내든 칸과 켄도 적당히 거리를 벌린 채 대련을 준비하는 상황.

그 광경에 로드멜은 살짝 고개를 돌리며 흡족한 미소를 띠었다.

'좋아. 어떻게든 해냈다.'

☙

'헨드릭 프로이스. 쓰레기 같은 망나니 놈이 결국 여기까지 찾

아왔구나.'

헨드릭의 몸으로 서열전에서 처음 마주하던 당시 픽스는 오만했다. 그때만 하더라도 마왕들은 헨드릭을 단순히 망나니라고 알고 있었고 그것은 그도 다르지 않았을 것이다.

하지만 놈은 바쿤에게 처절히 패배했고 한동안 그 충격에서 벗어나지 못했다.

그리고.

"히이익! 헤, 헨드릭 프로이스?"

지금이 그 결과였다.

바닥에 주저앉은 채로 몸을 오들오들 떨고 있는 푸른 머릿결의 마족. 다시 마주한 자신에게 차마 맞서지 못하고 질끈 눈을 감는 것이 너무도 처량하게 보였다.

"오지 마! 제발 사라져!"

"……빙궁에 이놈이 살고 있었던 건가. 그러면 베텔은 어떻게 된 거지?"

"안타깝지만 왕좌가 비워진 채로 서열전에서 거의 제외된 상태입니다."

도저히 마왕으로서 자리를 유지 못 하는 상태가 되었을 때 가문은 선택을 하게 된다.

어떤 상황이든 그대로 서열전을 계속 진행할지, 아니면 일시적으로 권리를 포기하고 가문에서 보호할지.

그리고 파이멀린 가문은 후자를 선택한 것인지 베텔은 거의 버려진 마왕성이 되어 있었다.

용찬은 고개를 푹 떨군 경비병을 보며 쓴웃음을 흘렸다.

'플레이어들에게 공포의 상징이던 마왕이 이런 꼴이라니. 우습군.'

어찌 보면 마족들도 인간과 다를 게 하나 없었다.

지독한 트라우마에 사로잡혀 정신적인 고통을 앓아왔던 인간들. 그리고 그들의 모습을 연상케 하는 픽스 파이멀린.

참으로 비참하면서도 씁쓸한 광경이었다.

"대체, 대체 내가 무엇을 잘못했냐고오오!"

"위험합니다!"

방 안 가득히 흩뿌려지는 냉기의 결정.

경비병의 외침과 동시에 사방으로 폭발이 일어났다.

과콰콰쾅!

서열전 때보다 한 단계 마법이 상승한 것일까.

적절히 시전된 마력 결계로 상당한 위력의 냉기 결정들이 우수수 쏟아졌지만 끝내 뚫지는 못하고 있는 상태였다.

[픽스 파이멀린]

[등급:D]

[상태:피폐, 혼란, 분노]

'등급은 E급에서 D급으로 상승한 것 같은데. 결정적으로 의지가 꺾여 있어. 계속 저렇게 패배의 충격에서 벗어나지 못하면 결국은 폐인이 되어버리고 말겠지.'

방금 전 발동된 마법도 단순히 발버둥에 불과했다.

그저 트라우마의 원인에게서 도망치기 위해 놈은 눈도 마주치지 못하고 마법만 발현하고 있었다.

"그저 바쿤이 제일 탐스러운 먹잇감처럼 보였던 것뿐이야. 헤르덴 놈들도 그렇게 말했었다고!"

"뭐?"

"다른 마왕 놈들이라도 그렇게 했을 거야. 그래. 난 아무 잘못도 없어!"

픽스의 손 위로 냉기 서린 창들이 만들어진다. 정상적인 대화는 통하지 않는 것인지 이미 두 눈은 붉게 충혈되어 있었다.

드디어 놈이 실성한 것을 직감한 용찬은 경비병을 뒤로 물리고 뇌전을 발현했다.

파지지직!

"네가 무엇을 잘못했냐고 물었지."

기간트 건틀렛은 잭과 윌트릿에게 맡겨놓고 온 상태다.

하지만 이성을 잃은 놈쯤은 무기 없이도 간단히 무력화시킬 수 있었다.

"으아아아아!"

정면으로 솟아오르는 거대한 얼음 방벽.

그 순간, 뇌전이 실린 주먹이 벽을 강타했다.

"굳이 대답해 주자면……."

쩌저적!

눈앞에서 생성된 얼음벽이 단숨에 두 조각으로 박살이 났다.

그 속에서 드러나는 섬뜩한 안광.

털썩!

다시금 마주한 공포 앞에 픽스는 창도 던지지 못하고 자리에 주저앉았다.

"약한 게 죄다."

"……아아아."

언제나 강자는 약자를 내려다보고 약자는 강자를 올려다봐야만 했다.

마치 지금처럼 말이다.

결국 픽스는 반항조차 포기한 것인지 이내 고개를 떨구었다.

그리고 뒤늦게 달려오는 파이멀린 가주와 나이언의 모습에 용찬도 일찌감치 뒤로 물러났다.

"대체 이게 어떻게 된 일이냐!"

"갑자기 저를 보자마자 공격을 해오더군요. 그래서 적절히 대응했을 뿐입니다."

"네놈은 분명 1층에서 대기하고 있다고 들었는데. 왜 여기 빙궁까지 와 있는 것이야!"

"경비병의 안내를 받아 저택 내를 둘러보던 중 우연히 들어오게 됐습니다. 딱히 출입 금지 구역은 아닌 것 같아서 말이죠."

잡아먹을 듯이 노려보던 파이멀린 가주, 아니, 릭스가 이내 고개를 돌려 멍하니 주저앉아 있는 픽스를 내려다봤다.

격렬히 분노를 참는 듯 부르르 떨려오는 얼굴.

하지만 가주로서의 체면을 생각한 것인지 뒤늦게 한숨을 내쉬었다.

"나이언 님. 부탁드립니다."

"……그러지. 그리고 헨드릭 프로이스. 내가 분명 1층에서 대기하고 있으라고 했을 텐데?"

"정식 후계자인 제가 굳이 그 명령을 따를 필요는 없을 것 같더군요."

실질적으로 따진다면 가문 내에서의 위치는 후계자가 더욱 높다. 펠드릭과 같은 경우 켄드릭의 영향을 받아 원로들의 의견을 따르고 있었지만 세대가 교체되면 그런 권력 순위도 달라지게 마련이었다.

때문에 용찬도 물러섬 없이 나이언의 의견에 반박하고 있었다.

"벌써부터 가주가 된 마냥 행동하는 꼴이라니. 나만큼은 아직 네놈을 인정하지 않았어. 잊지 마라. 헨드릭. 네놈이 그렇게 있는 것도 한순간이라는 것을."

강렬한 압박감 속에서 협박을 내던진 나이언이 등을 돌린다.

"이번 일에 대해선 나중에 다시 얘기하도록 하지. 우선……."

"정신 치유는 통하지 않을 겁니다."

"……."

순간 정적이 일더니 이내 그가 발걸음을 멈춰 세웠다. 각 분야에서 뛰어난 실력을 보이며 백여 년간 켄드릭을 보좌해 온 네 명의 원로들이 아니던가.

물론 세월은 속일 수 없었지만 체내에 잠재되어 있는 마력만큼은 아직도 건재했다.

한데, 고작 해봐야 C급에 불과한 마왕이 자신의 실력을 의심한다?

나이언의 입장에선 우습지 않을 수가 없었다.

"이제 눈에 뵈는 것도 없는 것이냐. 헨드릭."

"한번 해보시지요. 그럼 알 겁니다."

반면 용찬은 확신 어린 어조로 픽스를 가리키고만 있었다.

'네놈을 직접 죽인 장본인이 나인데 네놈의 실력을 모를 리가.'

A급에 달하는 정신계 기술에 고통스럽게 죽던 플레이어들의 모습이 아직도 눈에 선했다.

나이언도 확신이 담긴 눈빛에 당황한 것인지 머뭇거리다 이내 픽스를 치유하기 시작했다.

그리고 서서히 구겨지는 그의 인상에 용찬은 미소를 띠었다.

"대체 무슨 짓을 한 거냐. 헨드릭 프로이스."

"그게 지금 무슨 소리입니까. 나이언 님. 설마 정신 치유가 통하지 않는 것입니까?"

자고로 정신 치유는 대상자의 붕괴된 정신에 큰 효력을 발휘한다. 심신을 안정시키고 약화된 정신력을 되돌리는 세밀한 능력.

하지만 픽스는 강제적인 힘에 의해 정신적으로 손상을 입은 것이 아니었다.

원인이라면 오히려 서열전에 의한 트라우마일 것이다.

한 차례 놈과 충돌하면서 그것을 직감한 용찬은 벌벌 떨고 있는 픽스에게로 다가가 멱살을 쥐어 들었다.

"제가 한 짓이 아닙니다. 그저 이놈이 서열전 때의 기억 속에서 벗어나지 못하고 있을 뿐. 정신 치유가 통하지 않는 것도 어찌 보면 당연할 겁니다."

"네놈. 지금 누구 앞에서 감히!"

"언제까지 이놈을 감싸고만 있으실 겁니까. 서열전에서 마왕들은 승자와 패자로 구분된다는 것을 모르지 않으실 텐데요. 지금 이놈은 단순히 패배한 기억에 사로잡혀 계속 도망치고 있는 것에 불과합니다."

"으드득. 그렇다고 해서 네놈이 해결할 수……."

"해결할 수 있습니다."

권능을 발현하려던 릭스가 멈칫한다.

가히 패도적이라고 볼 수 있는 마왕의 태도.

용찬은 새파랗게 질린 픽스의 안색을 보며 입가를 말아 올렸다.

'계속 도망치고 있다면 다시 일어설 수 있게끔 의지를 심어주면 될 뿐. 그리 어려운 일도 아니지. 게다가…….'

자신이 나선 가장 큰 이유는 픽스의 입에서 언급된 헤르덴 상단 때문이었다. 그리고 두 번째 이유는 바로 그를 무력화 시키던 도중 상승한 속성력.

[물의 속성력:2단계(C급)]

'속성력을 올릴 기회를 놓칠 수는 없지.'

비록 샤틀리 가문의 속성력보다 수준이 낮긴 했지만 놈의 정신을 되돌려 놓으면서 자연스레 숙련도를 쌓을 기회였다.

게다가 그에 따른 대가로 헤르덴 상단에 대한 정보도 요구할 수 있을 테니 이중으로 이득인 셈.

서서히 싸늘한 한기가 빙궁 내로 스며드는 가운데 전신으로 어둠의 속성력이 스멀스멀 올라왔다.

그리고.

"······."

처음으로 나이언의 눈동자가 파르르 떨리고 있었다.

'언제까지 이놈을 감싸고만 있으실 겁니까. 서열전에서 마왕들은 승자와 패자로 구분 된다는 것을 모르지 않으실 텐데요.'

가주를 앞에 두고도 눈 한 번 깜빡하지 않았던 패도적인 자세. 도리어 마계의 서열 체계를 언급하며 마왕들을 강자와 약자로 구분시켰다.

진정으로 자신이 추구하던 이상적인 가치관인 것이다.

하지만 나이언은 헨드릭 프로이스를 믿지 않았다.

'이제 고작 망나니란 호칭에서 벗어난 새파란 애송이 놈 주제에 그런 말을 내뱉을 줄이야. 패도적인 자세는 썩 괜찮다만. 아직 여러모로 부족하지.'

놈이 주장하는 대로 약자들 위에 강자가 올라서는 것이라면 가장 먼저 자신이 최정상인 것을 증명해 내야 했다. 그런 이유 때문에 예전부터 헨드릭이 아닌 질시언에게 기대까지 품고 있었건만.

이번 파이멀린 가문의 방문을 통해 약간 머릿속이 복잡해진 기분이었다.

"설마 나이언 님도 그렇게 생각하시는 것은 아니겠지요?"

"……."

"정말 그놈이 픽스의 정신을 되돌릴 수 있다고 믿으시는 겁니까?"

집무실에 앉아 있던 릭스가 불같이 이글거리는 눈빛으로 따져왔다.

일단 헨드릭과 픽스를 따로 대기시켜 놓고 온 상태였지만 원로도 해내지 못 한 일을 40위대 마왕이 해낼 수 있다고 주장하고 있으니 믿기지 않아 하는 게 당연한 반응일 것이다.

'그러고 보니 놈은 어떻게 정신 치유가 통하지 않는다는 것을 알고 있었던 거지. 분명 내 마법들은 단 한 번도 본 적이 없을 텐데.'

널리 알려진 정신계 기술들과 자신의 마법은 실질적으로 수준 자체가 틀리다. 한데, 어찌 단 한 번의 충돌로 그것까지 확신했던 것일까.

"나이언 님?"

"놈의 요구가 무엇이었지?"

"7일간 픽스를 자신에게 맡겨달라는 요구였습니다. 만약 실패한다면 자신이 모든 것을 책임진다고 하더군요."

"잘됐군."

"예?"

일찌감치 자리에서 일어난 나이언을 릭스가 황당하다는 눈빛으로 쳐다봤다.

하지만 그것도 잠시.

"가주와 원로 앞에서 그런 건방진 태도를 보였던 놈 아니던가. 한번 지켜보도록 하지. 그리 자신 있게 요구했는데 무언가 다른 수가 있을 테지. 설령 실패해도 일체 간섭하지 않을 테니 대가에 대해선 자네가 알아서 하게. 따로 가문에게 원하는 것이 있다면 그것도 내가 알아서 처리해 주겠네. 어떤가?"

가장 우려하던 프로이스 가문의 원로가 방관을 택하자 고민이 깊어졌다.

끼이익!

서서히 고요해지는 방 안. 집무실에 홀로 남겨진 릭스는 나이언이 나간 방문을 바라보며 상념에 잠기고 있었다.

다음 날, 저택 전체로 가주의 입장이 전해졌다.

7일간 헨드릭 프로이스와 픽스 파이멀린을 제외한 병사들과 마족들은 전원 빙궁으로 접근 금지. 그리고 불미스러운 일이 벌어질 시 모든 책임을 헨드릭에게 물린다는 통보를 내리며 용찬의 요구를 수용하는 분위기를 띄웠다.

'한동안은 지켜보겠다, 이건가. 나이언이 잠자코 있는 게 수상하긴 하지만 허가는 내려졌으니 상관없을 테지.'

이제 가문의 간섭은 사라졌다. 식사를 제외하고 일절 다른 마족들의 접근도 사라진 가운데 빙궁에 남은 것은 픽스와 용찬 둘 뿐.

남겨져 있던 바룬의 병사들은 따로 홉킨스가 맡기로 결정한 것인지 전날부터 연무장에 쭉 눌러살다시피 대련을 벌이고 있었는데, 아직까지 쉽게 승부는 나진 않는 모양이었다.

-그래도 홉킨스 님의 태도가 달라졌습니다. 아무래도 칸 님과 켄 님이 만만치 않은 상대란 것을 인지하고 제대로 대련에 임하시는 것 같더군요.

로드멜의 보고에 따르면 한동안 대련은 계속될 듯했다.

이제 남은 것은 픽스의 정신을 되돌리는 일뿐.

"자, 그럼 이제 네 썩어빠진 정신을 고쳐보도록 할까."

"히이이익!"

단 둘뿐인 방 안에서 용찬의 광기어린 눈빛이 번뜩거렸다.

그리고 그 날부터 시작된 정신 개조 프로젝트(?).

제대로 된 무기도 갖춰지지 않은 상태에서 일부 장비까지 착용을 해제하며 픽스를 굴리기 시작했다.

"서열 70위대라고 했을 때부터 알아봤지만 네놈은 근본 자체가 틀려먹었군."

"자, 잘못했어. 한 번만 봐줘!"

"그래. 그게 틀려먹었다는 거다. 겨우 한 번 패배한 것 가지고. 그 충격에서 벗어나지 못해 다시 일어나지도 못하는 꼴이라니. 정말 그렇게 영원히 패배자로 살고 싶은 거냐."

"제발. 제발 살려줘!"

"아니, 오늘부터 넌 죽기 직전까지 나한테 얻어맞을 거다."

한 번 재동이 걸리기 시작한 용찬은 가차 없었다. 저항할 의사도 없는 놈을 상대로 적절히 위력을 조절하며 일방적으로 참교육(?)을 시작했고, 거의 만신창이가 된 채로 울고 불며 달라붙어도 봐주는 것 따윈 없었다.

"그때 그 오만하던 태도는 어디로 갔지. 지금의 넌 마왕으로도 보이지 않는군."

"……시끄러, 시끄럽다고오!"

"그래. 그렇게 저항이라도 해봐. 그래도 마왕이었을 텐데. 가만히 있는 게 더 이상하겠지."

한참을 얻어맞던 도중 억울한 심정이라도 복받친 것일까. 그저 도망치기만 하던 놈이 첫날 때처럼 본격적으로 저항을 하기 시작했다.

하지만 C급인 용찬과 D급인 픽스는 실질적으로 수준 차이가 벌어져 있었고, 결국 얼마 되지 않아 얼음 방벽들을 뚫고 사방으로 뇌전이 휘몰아쳤다.

"설마 겨우 이 정도인 것은 아니겠지?"

"그래. 전부 다 너 때문에 이렇게 된 거야. 네놈만 없었더라면 난 이러지 않았어. 분명 더 높이 올라갈 수 있었다고!"

하루, 이틀이 지나면 지날수록 급격히 달라지는 픽스의 태도. 비록 아직까지도 발버둥 치는 듯 마법을 발현하고 있었지만 조금씩 두려움 속에서 분노가 피어났다. 그리고 4일 차에 접어든 순간 마침내 놈이 먼저 선공을 가하기 시작했다.

"헨드릭 프로이스. 여기서 네놈을 죽여 버리겠어!"

"이제 조금 할 마음이 생긴 건가."

"여기서 네놈만 죽여 버리면 난 이 고통 속에서 자유로워질 수 있어. 그래, 그런 거야!"

아무리 거대해 보이는 벽이 눈앞에 있더라도 계속 충돌하게 되면 집념이 생기게 마련이다.

아마 지금 픽스가 그런 상태일 터.

억울함, 분노, 원망 등등 여러 감정이 뒤섞여 점점 두려움을 밀어내고 있는 과정 중 하나였다.

때문에 용찬도 일부러 틈을 내주거나 일부 스킬들 위주로만 사용하기 시작했고, 가끔씩 마력 결계를 뚫고 몸에 상처를 내는 마법들의 모습에 점차 놈이 희망을 품기 시작했다.

"아하하하. 그래. 아무리 네놈이라도 모든 공격을 막아낼 순 없겠지. 이대로 죽어버려!"

"……."

계획대로 픽스는 점점 본래의 성격을 되찾아갔다.

하지만 정작 당해주는 용찬의 입장에선 그리 좋은 기분은 아니었다.

파지지직!

불현듯 검게 물들어가는 뇌전들. 광폭한 어둠의 기운이 부여된 속성력 속에서 다시금 상황이 역전됐다.

"자, 그럼 이제 2라운드를 시작해 볼까."

"자, 잠…… 끄아아악!"

"아직 멀었어."

그렇게 픽스는 천국과 지옥을 오가고 있었다.

한편, 연무장에서 치열한 대련을 벌이고 있던 세 마리의 고블린. 벌써부터 칸과 켄의 거친 숨소리가 울려 퍼지는 가운데 또 한 번 은색 삼지창이 빛을 발했다.

[홉킨스가 백랑 제4식을 시전했습니다.]

플레이어 8

기력을 품은 창날이 네 갈래로 갈라져 쇄도해 온다.

마치 분신처럼 늘어난 창들 속에서 진짜는 단 하나.

이미 수차례 백랑 제4식을 겪어온 칸과 켄은 좌우로 흩어져 각각 두 개의 창을 맡았다.

까앙!

불쑥 뒤로 밀려나는 켄의 신형.

다행히 백랑 제4식을 범위 스킬이라고 인지한 것인지 레지스틸 아머의 효과가 발동되어 피해가 줄어들었다.

그사이 칸은 레버스 샴쉬르의 효과를 발동시켜 채찍처럼 검을 길게 휘둘렀다.

"소용없는 짓을."

"키에엑!"

연달아 켄의 대지 충격파까지 발동되었지만 홉킨스는 침착히 균형을 잡은 채 샴쉬르를 받아쳤다.

그리고 다시금 충돌하는 세 마리의 신형.

하지만 기술적인 측면에서 섬세하기 그지없던 홉킨스는 둘을 상대로도 여유롭게 버텨내며 역으로 반격을 가하고 있었다.

멀리서 그 광경을 지켜보던 로드멜로선 아슬아슬한 전투에 두 눈만 이리저리 굴리고 있는 상황.

'역시 경비 대장을 맡고 있는 이유가 있었어. 오늘까지 치면 벌써 3연패려나. 칸과 켄 님도 조금씩 피해를 입히고는 있지만 결정적으로 기술 차이가 심각해. 저런 섬세하고 강력한 위력의 스킬들이라니. 대체 어디서 저런 기술들을 배운 거지?'

변화무쌍한 백랑식의 기술들은 하나같이 매섭기 그지없었다.

게다가 홉킨스가 착용하고 있는 장비들 또한 범상치 않아 보였다.

특히 대지 충격파를 시전할 때마다 균형을 유지시키는 푸른 가죽의 부츠는 난리법석까지 연계로 사용해도 결코 중심이 무너지지 않았다.

"더 이상은 힘들 것 같아 보이는데 오늘은 여기까지만 하는 게 어떻겠습니까."

"키, 키에엑."

"키엑!"

결국 가장 먼저 지친 것은 칸과 켄이었다.

창술에 조예가 깊은 홉킨스 앞에서 불한당만의 전투 방식도 더 이상 통하지 않는 것이다.

하지만.

"키에에에!"

그들은 절망하지 않고 계속해서 도전하기를 원했다.

치료를 위해 다가오던 로드멜도 칸과 켄의 집념어린 눈빛을 본 것인지 뒤늦게 고개를 돌렸다.

"죄송하지만 조금 더 가능하겠습니까?"

"……정말 끈기 하나는 인정해 줘야겠군요. 대체 저렇게까지 하는 이유가 무엇입니까?"

"아마 칸과 켄 님뿐만 아닐 겁니다. 바쿤의 병사 분들이라면 누구나 저럴 것 같군요. 특히 초창기 시절부터 마왕님과 함께 전투를 거쳐온 저분들이라면 더더욱 한계를 넘어서고 싶을 겁니다."

단순히 이용되고 버려지던 최하급 고블린의 운명. 헤르덴 상단에게 버려져 방황하던 그들에게 길을 열어준 것은 다름 아닌 용찬이었다.

'칸, 켄, 헥토르. 그리고 나머지 네놈들은 억울하지도 않은 거냐. 이대로 평생 최하급 마물로 살겠다고?'

'그렇다면 힘을 길러라. 강해져라. 언제나 강한 자가 모든 것을 휘어잡는 법이다. 앞으로 너희들에게 새로운 길을 열어주겠다. 바쿤이 제일 약한 마왕성이 아니란 것을.'

'너희들의 손으로 직접 증명해라.'

아직도 변화의 바람을 불어 일으키던 마왕의 모습이 눈앞에 선명했다. 결코 마계에서 도태되지 않기 위해, 나약했던 그 시절을 벗어나기 위해 칸과 켄은 쓰러져도 일어나고 또 일어났던 것이다.

"키에에엑!"

"하아. 어쩔 수 없군요. 이제 진짜 마지막 대련입니다."

"감사합니다. 모두들 금방 치유해 드리도록 하죠."

단숨에 채널링을 통해 시전되는 로드멜만의 그룹 힐.

처음에만 해도 엄청난 치유량에 놀랐던 홉킨스였지만 이젠 어느 정도 적응이 되어 차분히 자세를 잡을 뿐이었다. 그리고 맞은편에 서 있던 칸과 켄까지 치유가 끝나자 마지막 대련 준비도 끝이 났다.

'시끄럽다. 얼른 광석이나 캐러 가라.'

불현듯 떠오르는 며칠 전의 기억.

늘 그렇듯이 자신들은 라딕 던전을 맡아 일꾼들을 통솔하는 역할에 불과했다.

항상 병사들을 소환할 때도 자신들은 제외됐지 않았던가.

강해지고 싶은 욕심이 있는 것은 루시엔뿐만 아니라 자신들도 마찬가지였다.

그리고.

[집념(공용) 특성이 발동됩니다.]

['기체술' 스킬을 습득했습니다.]

마침내 칸과 켄에게도 그런 기회가 주어졌다.

기체술. 주로 기력을 다루는 근접형 직업들이 배우는 버프형 스킬 중 하나이며 자신의 육체를 기력으로 강화시켜 부족한 근력과 민첩을 보완하는 기술이기도 하다.

특히 기체술의 가장 큰 장점은 단계별로 스킬이 나누어진다는 것인데, 지금 집념 특성을 통해 칸과 켄이 일깨운 기체술은 1단계에 속했다.

그리고.

[칸이 기체술을 시전했습니다.]
[켄이 기체술을 시전했습니다.]

그 효과는 즉시 대련에서 빛을 발했다.

신속한 이동을 통해 다시금 좌우로 갈라지는 칸과 켄.

차분히 둘의 움직임을 눈으로 쫓던 홉킨스는 전보다 빨라진 신형에 당황스러워했다.

'어떻게 된 거지. 이동 관련 기술을 사용해도 이 정도는 아니었는데. 설마 숨겨둔 기술이 또 한 가지 있었던 건가?'

집념 특성을 알지 못하는 그로선 얼추 지레 짐작을 하며 급히 대응에 나설 뿐이었다.

[홉킨스가 백랑 2식을 시전했습니다.]

마치 풍차처럼 사방으로 돌아가는 삼지창. 상대방의 접근을 미리 파악하고 공격을 대비하기 위한 백랑식 방어술이 펼쳐졌다.

하지만 그것도 잠시.

까앙!

예상을 벗어나는 샴쉬르의 위력에 인상이 구겨졌다.

'위력도 아까보다 더 상승했어!'

다행히 착용하고 있는 푸른 가죽의 부츠 덕분에 균형은 무너지지 않았지만, 연이어 쇄도하는 켄의 몽둥이를 피해낼 시간이 부족했다.

할 수 없이 홉킨스는 창의 경로를 비틀어 위력을 최소화시키려 했다.

그 순간, 발터의 몽둥이가 붉게 물들더니 이내 창의 날 면을 강하게 내려쳤다.

쩌저적!

'분명 내 쪽도 기력으로 창날을 강화시켰을 텐데.'

일찍이 용찬을 따라 던전을 클리어하고 다니며 배웠던 웨폰 브레이크. 거기에 기체술로 강화한 근력의 힘까지 더해지자 오히려 홉킨스의 기력을 뚫고 창의 내구도를 깎아버렸다.

웨폰 브레이크란 스킬을 모르던 그는 금이 간 창날에 당황할 수밖에 없었고, 켄은 그 기세를 몰아 배쉬를 사용하며 안으로 파고들었다.

[켄이 약점 간파를 시전했습니다.]
[칸이 추적술을 시전했습니다.]

약점 간파를 통해 허술한 부위를 파악하고 추적술을 통해 약점을 공략한다. 완전히 후방에 자리 잡은 칸은 멀리서 레버스 샴쉬르를 휘두르며 켄과 절묘한 호흡을 자랑했고, 저번 대련과는 사뭇 다른 양상을 띠며 홉킨스를 압박하기 시작했다.

"키에엑!"

"키엑!"

"큭. 대체 어디서 이런 힘이!"

대련을 거치면 거칠수록 성장한다고 하지만, 이건 너무도 예상외의 결과였다.

공방이 지속될수록 힘들어지는 것은 홉킨스였고 격차가 벌어지면 벌어질수록 차분히 유지되던 정신도 서서히 다급해지고 있었다.

결국 아껴두고 있던 백랑 3식까지 시전하며 기세를 역전시키려 했지만 칸과 켄도 가만히 있던 것은 아니었다.

속사포처럼 쏟아지는 창격들 속에서 번쩍이는 두 눈빛.

콰콰쾅!

칸이 시전한 대지 가르기의 여파를 이용해 번쩍 뛰어오른 켄이 양손으로 몽둥이를 쥐어 잡았다.

"공중에서라면 피할 곳도 없을 텐데 그런 무모한 시도를!"

창의 사정거리를 생각한다면 켄이 내려오기 전에 먼저 선공을 가할 수 있었다.

홉킨스는 삼지창을 치켜든 채 몽둥이에 힘을 싣는 켄을 올려다봤다.

그 순간.

"키에엑!"

"아니, 샴쉬르를 발판 삼아서?"

마치 다리를 놓아주듯 검등 쪽으로 길게 늘어지는 칸의 샴쉬르.

꼬챙이가 되기 직전의 신세이던 켄은 잽싸게 검등을 타고 달리며 기력을 끌어모았다. 그리고 기체술에 대지 충격파를 더해 홉킨스에게 혼신의 일격을 날렸다.

콰직!

충격을 견디지 못한 삼지창이 부서진다.

희비가 교차하는 분위기 속에서 흐르는 침묵.

"……졌습니다."

뒤늦게 홉킨스가 양팔을 들어 올리자 길고 길었던 대련도 마침내 막을 내렸다.

"키에에."

"키에."

얼마나 노력하고 또 노력했던가.

다른 자들에게 무시 받지 않기 위해. 다른 병사들에게 뒤처지지 않기 위해 계속해서 몰래 훈련을 거쳐왔었다.

그리고.

"키에에에!"

"키에에엑!"

그런 노력들의 결실이 이제야 값진 승리로 되돌아왔다.

'정말 잘 해내 주셨습니다. 칸 님, 켄 님.'

로드멜은 감격의 눈물을 흘리는 둘을 보며 조용히 수정구를 꺼내 들었다.

그 날 칸과 켄은 몇 시간 동안 연무장에서 울부짖으며 그동안의 서러움을 모두 털어냈고, 그 소식은 통신 수정구를 통해 용찬에게까지 전해지고 있었다.

🐐

'칸과 켄이 기체술을 배울 줄이야. 역시 5일 동안의 대련이

효과가 있던 건가.'

일부 랭커들도 기체술을 통해 육체적인 능력치를 강화하곤 했다. 특히 마족들과의 전쟁 속에서 큰 효과를 발했던 게 기체술이었고, 마족들의 육체와 견주어도 손색이 없을 정도였으니 근접형 직업들에겐 매우 안성맞춤인 기술이었다.

'그럼 이제 남은 것은 이놈뿐이겠군.'

수정구를 집어넣은 용찬이 쓰러진 픽스를 발로 툭툭 건드렸다.

"어이. 픽스 파이멀린."

"⋯⋯.."

"겨우 이 정도였던 거냐."

움찔!

자존심을 건드린 게 효과가 있던 것일까. 거의 기절하다시피 쓰러져 있던 놈이 몸을 부르르 떨며 다시 일어나기 시작했다.

"으드득. 친근한 척 굴지 말라고 했을 텐데."

"꼴사납군. 자존심은 높은데 그만한 힘은 없는 마왕이라니. 설마 이게 전력은 아니겠지?"

"웃기지 마라. 난 베텔 마왕성의 주인이자 파이멀린 가문의 정식 후계⋯⋯ 컥!"

후들후들 거리던 신형이 맞은편 벽까지 날아간다. 신체적으로도 한계에 달한 것인지 거친 숨소리가 여기까지 들려왔지만 픽스는 포기하지 않고 다시금 일어났다.

"자기 소개할 시간에 덤비기나 해라."

"그래. 아직도 내가 우습게 보이겠지. 나보다 높이 올라가 있으니까. 그럴 수밖에 없을 거야."

"흐음."

"하지만 그 여유가 언제까지고 계속될 거라 생각하지 마라. 지금은 비록 내가 이렇게 당하고만 있지만 반드시 네놈만큼은. 네놈만큼은 뛰어넘어 주마!"

드디어 놈이 자기 주제를 제대로 파악하기 시작했다.

첫날 몸을 부르르 떨며 도망치기만 하던 때와는 완벽히 달라진 태도. 무려 5일간의 참교육(?)이 효과가 있던 것인지 거의 정신이 돌아와 있었다.

[픽스가 아이스 필드를 시전했습니다.]

서서히 얼어붙기 시작하는 바닥들.

빙궁의 한기가 효과를 증폭시킨 것인지 광범위한 살얼음판이 발밑으로 형성됐다.

그제야 용찬은 흡족스러워하며 다시 뇌전을 끌어 올렸고, 얼마 되지 않아 얼음 창들이 날아오기 시작했다.

[백호신권을 시전했습니다.]

덥석!

백호의 형상이 깃든 손으로 얼음 창이 하나 잡힌다.

"나를 뛰어넘는다는 놈치곤 공격이 단순하기 그지없는 것 같은데 말이지."

"아직 시작도 안 했어!"

허공으로 쏟아지는 수십 개의 얼음 창 속에서 가까워져오는 신형.

마법사임에도 불구하고 근접전을 택한 것인지 픽스가 오른손에 결정검을 만들어낸 채 달려들었다.

그리고.

까앙!

백호신권과 충돌하는 순간 노이즈 현상이 일어났다.

'끄아아아아. 살려줘. 부탁이야!'

'왜 그래. 헨드릭. 아직 제대로 시작도 안 했다고!'

얼음 기둥에 갇혀 고통스러워하는 헨드릭 프로이스, 그 광경을 보며 즐거워하는 픽스 파이멀린. 그리고 주위에서 웃고 떠드는 헤르덴 상단원들까지.

초창기 시절 바쿤 마왕성 안에 함께 모여 있는 그들을 보자마자 익숙지 않은 감정들이 물씬 올라왔다.

'내게 힘이 있었다면! 내게 권능만 있었더라면!'
'픽스 파이멀린. 반드시 죽여 버리겠어. 반드시!'
'웃지 마. 이런 날 보며 웃지 말라고. 개자식들아!'

익숙하면서도 익숙지 않은 감정들, 그 속에서 울부짖듯 소리치는 목소리에 몸이 자연스레 반응했다.

분노, 원한, 두려움, 억울함 등등.

생전 헨드릭이 느껴왔던 감정 때문인지 주먹이 부르르 떨리고 있었다.

'과연 누가 저놈을 마왕이라고 볼까 싶군요!'
'그러게. 서열도 꼴찌에다가 마왕성도이 꼬라지고. 왜 샤들리 가문이 이런 놈을 신경 쓰고 있었는지 정말 모르겠다니까.'

뒤늦게 헨드릭을 보며 웃고 있는 몽블랑과 메르비가 눈에 들어왔다.

만약 자신이 회귀하지 않았더라면 헨드릭은 이런 삶을 살고 있었을까.

문득 그런 생각이 들었지만 그보다 더 중요한 문제는 그들의 입에서 샤들리 가문이 언급된 것이었다.

그리고.

'아아아아악!'

헨드릭의 처절한 비명을 마지막으로 배경이 뒤바뀌었다.

[동기화율 119%……]

벌써 동기화율 수치가 120대를 넘어가려 했다. 그만큼 두 개의 영혼이 합쳐져 간다는 증거일 것이다.

"무엇을 그리 생각하고 있는 거냐. 이제 나 정도는 간단히 제압할 수 있다. 뭐, 이런 거냐?"

"……."

"그래. 지금 네놈 눈에는 내가 그렇게 보일 수밖에 없겠지. 그래서 더더욱 마음에 안 들어. 한낱 망나니였던 네가 내 위에 있다는 그 사실이!"

이제 완벽히 뒤바뀐 입장 차 속에서 놈이 울분을 토한다. 붉게 충혈된 두 눈으로 자신을 노려보며 결정검에 온 힘을 주고 있었지만 끝내 백호신권을 뚫어내진 못하고 있었다.

하지만 그것도 잠시. 움켜쥐어져 있던 용찬의 오른 주먹이 픽스의 옆구리를 강타했다.

"그렇게 분하면 힘을 길러라. 언제까지 제 자리에 서서 징징

거리만 할 거냐."

"쿨럭! 쿨럭!"

"날 목표로 삼아 서열을 올려. 그리고 원하던 대로 서열전을 신청해 복수를 노려. 그게 싫다면 영원히 패배자로 살던가 해라."

콰지지직! 쾅!

파쇄에 의해 살얼음판이 부서진다.

공포에서 분노로 그리고 두려움의 대상에게서 새로운 목표를.

사방으로 비산하는 얼음 조각들 속에서 마침내 픽스가 또렷해진 두 눈빛으로 용찬을 바라봤다.

"……."

"……."

방 안을 가득 메우는 정적.

무언가 고민하는 것인지 한참을 자리에 주저앉아 있던 픽스가 뒤늦게 물어왔다.

"무엇이 널 그리 바뀌게 만들었지. 헨드릭 프로이스?"

"복수다."

"……."

"복수는 좋은 원동력이지. 억울하면 강해져라. 마계에서 필요한 것은 오직 월등한 힘뿐. 그 사실은 너도 알고 있을 텐데?"

"……아주, 아주 잘 알고 있지."

어찌 보면 나약했던 것은 도리어 자신일지도 모른다.

고작 서열 한 단계 차이 나는 마왕을 상대로 힘을 과시하고 오만했었던 기억들. 그 생각까지 도달한 픽스가 쓴웃음을 흘리며 마침내 자리에서 일어났다.

"헤르덴 상단 때문에 온 거겠지?"

"이제 좀 정신을 차렸나 보군."

"안 봐도 뻔하지. 나를 맡는 대신 헤르덴 상단에 대한 정보를 대가로 요구했겠지. 틀린가?"

두 가문 사이에서 모종의 거래가 있지 않고서야 용찬이 빙궁에 있는 것이 이상했다. 공식적으로 파이멀린 가문에서 요구를 승낙했다면 대가를 지불할 수밖에 없을 터.

"그렇다면?"

"큭. 짜증 나는 놈. 그래. 전부 다 말해주마."

부스스한 머리를 쓸어 만지던 픽스는 한숨을 푹 내쉬며 말했다.

"사실 헤르덴 상단이 처음 베텔에 방문했을 때 그 자리에 메르비와 몽블랑뿐만 아니라 마족이 한 명 더 있었다."

"정말 정신을 차린 거냐. 픽스 파이멀린."

"그러면 눈앞에 서 있는 제가 무엇으로 보이십니까."

"하. 겨우 6일 만에 이렇게 제정신으로 돌아올 줄이야. 대체 무슨 마법을 부린 거냐. 헨드릭 프로이스."

약속된 7일도 아닌 6일 만에 집무실로 직접 찾아온 픽스 파이멀린이다.

빙궁에서 어떤 일이 벌어졌는지 알지 못하는 릭스로선 휘둥그레진 두 눈으로 용찬을 멍하니 쳐다볼 뿐이었다.

"궁금하시면 직접 픽스에게 물어보도록 하시지요."

"잠깐. 어딜 가는 것이냐. 아직 얘기는 끝나지 않았을 텐데."

"대가라면 이미 픽스에게 건네받았습니다. 그럼 이만 실례하도록 하겠습니다."

샤들리 가문과 얽힌 헤르덴 상단의 진실.

정신을 차리자마자 허심탄회하게 옛 기억을 실토한 픽스 덕분에 일은 한층 수월해졌다.

다만.

"사실 헤르덴 상단이 처음 베텔에 방문했을 때, 그 자리에 메르비와 몽블랑뿐만 아니라 마족이 한 명 더 있었다."

"그게 누구였지?"

"놈은 자신을 바라볼이라고 소개하더군. 가명인 듯 보이긴 했지만 솔직히 그때 이름 따윈 상관없었어. 왜냐하면 놈이 바쿤을 몰락시키면 차후에 헤르덴 상단을 통해 엄청난 보수를 지급한다고 계약서까지 작성했었거든."

바라볼이란 새로운 마족이 언급되면서 사건은 더욱 미궁으로 빠졌다.

'그 계약서를 헤르덴 상단이 들고 도망쳤다 이건가. 벌써 증거를 인멸했을지도 모르겠군. 그리고 바라볼이라……. 역시 샤들리 가문 소속이라고 봐야 할 테지?'

어쩌면 가명을 쓴 마족이 샤들리 가문의 협력자일 가능성도 컸다.

지금은 렐슨 쪽 일행이 헤르덴 상단을 붙잡길 기다리는 수밖에 없을 터.

용찬은 그렇게 생각하며 복도 끝 이동 마법진으로 다가갔다.

"대가는 받아낸 것이냐."

언제부터 기다리고 있던 것일까.

이동 마법진 앞에서 대기하고 있던 나이언이 팔짱을 풀며 걸어왔다.

"받아냈습니다. 베텔 초창기 시절……."

마땅히 정보를 숨길 필요도 없던 용찬은 픽스에게서 들은 내용들을 전부 알려주었다.

바라볼이란 가명을 쓴 마족에서부터 모종의 거래, 계약서를 들고 도망쳐 버린 헤르덴 상단까지.

한참을 가만히 듣고 있던 나이언도 사건이 더욱 복잡해진 것을 느낀 것인지 뒤늦게 인상을 구겼다.

"결국 헤르덴 상단을 붙잡아야 실마리가 어느 정도 풀린다 이거군."

"더 이상 용무가 없으시다면 전 이만 돌아가 보겠습니다."

"잠깐. 이건 내 개인적인 궁금증이다만. 네놈의 최종 목표가 무엇이더냐."

후드 속으로 비치는 묘한 두 눈빛, 의도를 종잡을 수 없는 두 눈동자와 마주하고 있던 용찬은 거리낄 것 없이 즉시 대답했다.

"군림."

"군림이라고?"

"마계에 군림해 모든 마족을 무릎 꿇리는 것. 오직 그것뿐입니다."

마계 위원회든 가문이든 그저 장애물에 불과했다.

무릇 마왕이라면 최정상에 올라 자신의 힘을 증명해야 했다. 그 목표를 위해서라면 어떤 수단과 방법도 가리지 않을 터.

패도적인 용찬의 기세에 나이언은 놀랄 수밖에 없었다.

'변했다. 겉뿐만 아니라 속까지 완전히!'

이 얼마나 완벽한 목표란 말인가.

마왕이라면 응당 가지고 있어야 할 패도적인 목표에 감탄이

절로 나왔다.

자신이 줄곧 바라고 바라오던 가장 이상적인 정식 후계자!

하지만.

'분명 펠드릭의 핏줄이라고 생각되지 않을 정도로 이상적인 가치관이지만 아직 부족해. 어쩌면 가문전이 그것을 증명할 무대가 될지도 모르겠군.'

프로이스 가문을 이끌기엔 여러모로 부족한 면이 많았다. 때문에 나이언은 확신하지 않았고 이동 마법진을 타고 내려가는 용찬을 보며 그저 약간의 희망만 품게 됐다.

'만약. 정말 만약에 놈이 그것을 증명하게 되면 프로이스 가문에 새로운 바람이 불지도 모르겠어.'

서서히 굳게 박혀 있던 편견이 흔들리고 있었다.

[칸의 진화 조건이 충족됐습니다.]
[켄의 진화 조건이 충족됐습니다.]

최상층에서 내려와 연무장에 도착하자 예상했던 메세지가 눈앞에 떴다.

5일 만에 홉킨스와의 대련에서 승리하며 새로운 길을 개척해 낸 칸과 켄.

한동안 그와 함께 지내며 친해지기라도 한 것인지 지금도 서로 공방을 주고받으며 편하게 대화를 하고 있었다.

"아, 오셨습니까. 마왕님."

"내가 없는 동안 별일은 없었겠지?"

"없었습니다. 오히려 대련에 자극을 받은 것인지 오늘은 홉킨스 님이 더욱 열성적으로 대련에 임하시더군요. 물론 기존에 사용하시던 삼지창은 수리하고 있지만 말이죠."

가문의 대장장이를 통해 임시로 창을 건네받은 것일까.

칸과 켄에 의해 부서진 삼지창은 보이지 않고 오히려 긴 장창을 사용하며 합을 주고받고 있었다.

[기체술:2단계(C급)]

어느덧 기체술의 숙련도도 2단계에 달해 있었다.

'이 정도면 칸과 켄도 개인적으로 소환해 데리고 다닐 수 있겠어.'

끊임없는 노력과 집념 특성이 더해져 만들어진 결과라고 볼 수 있을 것이다.

용찬은 잠시 그들의 대련을 중지시킨 뒤 따로 칸과 켄을 불러들였다.

"이제 광석만 캐기엔 아까운 병사가 되었군."

"키에에엑."

"그리고 오늘부로 너희들은 더욱 달라지겠지."

시스템을 통해 진화를 결정하자 둘의 신형이 오색 빛깔로 물들어갔다. 주변에 서 있던 로드멜은 갑작스러운 변화에 당황해했지만 홉킨스는 일찍이 이런 상황을 겪어본 것인지 침착히 둘을 지켜보고 있었다.

그리고 칸과 켄 주위로 뿜어져 나오던 빛이 연무장을 가득 메우는 순간.

[칸이 진화에 성공했습니다.]

[켄이 진화에 성공했습니다.]

마침내 둘의 형태가 바뀌었다. 조금 더 자라난 키, 한층 더 날카로워진 눈매, 적절히 근육이 붙어 탄탄해진 몸. 그리고 검은색으로 완전히 색깔이 바뀐 가죽까지.

비록 등급 자체는 상승하지 않았지만 완전히 전투에 특화된 새로운 몸으로 탈바꿈해 있었다.

[블랙 야크 고블린 칸이 '소드 마스터리' 스킬을 습득했습니다.]

[블랙 야크 고블린 켄이 '둔기 마스터리' 스킬을 습득했습니다.]

[블랙 야크 고블린 칸의 육체적인 능력치가 5씩 상승합니다.]

[블랙 야크 고블린 켄의 육체적인 능력치가 5씩 상승합니다.]

'육체적인 능력치가 5씩 상승한다니. 거의 능력치의 돌 20개 이상은 투자해야 나올 능력치인데?'

진화의 결과는 예상보다 더욱 만족스러웠다. 능력치 상승 및 마스터리 스킬뿐만 아니라 종족의 고유 특성까지 생겨난 상황.

용찬은 달라진 자신의 모습에 당황하는 둘을 내려다보며 흡족한 미소를 띠었다.

"범상치 않은 분들이란 것은 느끼고 있었지만 블랙 야크 고블린이 되실 줄이야. 진심으로 축하드립니다. 칸 님, 켄 님."

"블랙 야크 고블린에 대해서 잘 알고 있나?"

"물론입니다. 주로 절망의 대지 남부에 서식하며 무리를 지어 활동하는 고블린 중 하나입니다. 약탈과 방화에 특화되어 있다고는 하는데 칸과 켄 님은 좀 다를지도 모르겠군요."

주로 산맥 부근에 서식하며 무리를 지어 돌아다니는 블랙 야크 고블린. 마치 개미 떼처럼 몰려다니는 놈들의 손에 토벌된 마을은 한둘이 아니다.

제아무리 마족의 육체라고 하더라도 수천, 수만의 숫자 앞에선 감당이 불가능할 터.

실제로 놈들과 충돌해 본 적이 있던 홉킨스는 옛 기억을 살려 용찬에게 고스란히 설명해 주었다.

"그렇군. 칸, 켄. 지금 기분이 어떻지?"

"……."

"음?"

잠시 머뭇거리던 칸이 갑자기 숨을 크게 들이마쉰다.

그리고 얼마 되지 않아 터져 나오는 목소리.

"키에에에에-!"

연무장 전체가 쩌렁쩌렁 울릴 정도로 커다란 울부짖음에 와락 인상이 구겨졌다.

하지만 그것도 잠시.

[칸이 '사자후' 스킬을 습득했습니다.]

블랙 야크 고블린이라는 것을 증명하듯 부대 통솔과 관련된 스킬까지 습득해 내며 진화된 자신을 드러냈다.

"윽. 엄청난 압박감이로군요."

"칸 님뿐만이 아닙니다."

바닥에 주저앉아 있던 로드멜의 고개가 돌아갔다.

마치 공간을 장악하듯 강렬한 기세를 풀풀 흘려보내는 켄.

[켄이 '카리스마' 특성을 습득했습니다.]

일찍이 용찬이 배웠던 카리스마 특성을 따라서 습득하며 완벽히 성장을 마쳤다.

이로써 불한당 부대를 지휘할 때 더욱 큰 도움이 될 터.

용찬은 무기를 치켜든 채 격렬히 환호하는 둘을 보며 매우 흡족스러워했다.

"이제 돌아가는 일만……."

"키에엑. 마왕님!"

"……뭐?"

혹여 잘못 들은 것은 아닐까.

인상을 굳히며 고개를 돌려봤지만 달라지는 것은 없었다.

"키엑. 마왕님. 감사합니다!"

"키에에엑. 감사합니다!"

그날, 칸과 켄은 진화를 통해 하멜 공용어까지 익히는 기적을 이뤄냈다.

-마, 말도 안 돼. 이 고블린 놈들이 말을 하고 있다니!

-키에에엑. 우리를 얕보지 마라. 멍청한 다크 엘프!

-이익! 이것들이 보자 보자 하니까!

바쿤으로 돌아오자마자 칸과 켄이 진화했단 소식은 빠르게 퍼져갔다.

달라진 외형은 물론 능숙히 하멜 공용어를 구사하는 능력까지. 둘은 그동안 참아왔던 감정들을 단숨에 풀어내듯 병사들과 편하게 대화를 주고받고 있었다.

한참 화면을 통해 루시엔과 기싸움을 하는 칸과 켄을 보던 용찬은 뒤늦게 방 안으로 들어오는 그레고리를 보며 고개를 돌렸다.

"경축드릴 일이로군요. 칸 님, 켄 님이 진화를 하실 줄이야. 앞으로 불한당 부대의 돌진력이 더욱 상승하겠군요."

"그럴 테지. 프로이스 가문에 보고는 마쳤나?"

"물론입니다. 아마 나이언 님도 함께 돌아가셨으니 얼마 되지 않아 답변이 올 겁니다. 그리고……."

깨끗한 천에 둘러싸여 있는 정체불명의 장비.

그레고리는 푸른색의 갑주 형태 건틀렛을 건네며 고개를 숙였다.

"마침 잭 님과 월트릿 님께서 제작을 끝내셨더군요. 그게 이 결과물입니다. 직접 확인해 보시죠. 마왕님."

바쿤 전속 대장장이와 재봉사의 손을 거쳐 새로 탄생한 기간트 건틀렛이 눈앞에 들어왔다.

[파이오니아]

[등급:유니크]

[옵션:공격 시 일정 확률로 적을 빙결 상태로 만듦, 치명타 확률 소폭 상승, 하루에 1번 나이기스 스킬 사용 가능, 힘 능력치 소폭 상승, 민첩 능력치 소폭 상승.]

[설명:멀록의 가죽과 하물란 금속을 통해 제작된 신형 건틀렛이다. 어깨까지 완벽히 보호되는 갑주 형태의 파이오니아는 근접 전투에서 뛰어난 파괴력을 자랑하기도 하지만 무게를 최대한으로 줄인 덕분에 날렵한 움직임도 가능케 한다.]

볼버의 흑수에 이어 두 번째로 손에 넣게 된 유니크 무기.

멀록의 가죽 덕분인지 겉에서부터 범상치 않은 한기가 흘러나오고 있었다.

'수 속성력을 가진 건틀렛이라니. 마침 잘됐군.'

장비의 옵션도 옵션이지만 가장 중요한 것은 수 속성력이었다. 직접 픽스를 참교육(?)시키며 숙련도를 상승시키기도 했지 않았던가.

[물의 속성력:4단계(C급)]

어찌 보면 지금 자신에게 파이오니아는 가장 안성맞춤인 장비라고 할 수 있었다.

용찬은 그 자리에서 바로 파이오니아를 착용해 몸을 움직여 봤고, 기간트 건틀렛보다 가벼워진 착용감에 매우 만족스러워했다.

"잭도 잭이지만 월트릿의 실력도 수준급이라고 볼 수 있겠어."

"예. 그리고……."

장비 확인이 끝나자마자 그레고리의 보고가 이어졌다.

자리를 비운 5일간 진행된 마왕성 증축의 현황에서부터 실버 부대를 위한 월트릿의 로브 제작. 그리고 본격적으로 상단 활동을 하기 위해 더 페이서 상단에서 요구한 본부 건물까지.

서서히 바쿤의 병사들뿐만 아니라 C급에 도달한 마왕성 자체도 발전해 가고 있었다.

"바쿤의 영역이 2단계로 발전한 김에 더 페이서 상단의 건물부터 지어주시는 게 좋지 않겠습니까?"

"으음. 그것도 그렇군."

"일단……."

영역 정보를 살피며 조언을 해주려던 찰나, 품속에 있던 통신 수정구가 빛을 발했다. 그레고리는 가문의 통신으로 생각하며 즉시 수정구를 꺼내 들었지만 예상은 완전히 빗나갔다.

그리고 얼마 되지 않아 굳어지는 그의 얼굴, 마치 데자뷰처럼 느껴지는 상황에 용찬이 뒤늦게 물었다.

"이번에는 또 무슨 일이지?"

"끄응. 마게 위원회의 일원 분께서 바쿤으로 찾아온다고 하시는군요."

"갑자기 위원이 찾아온다고?"

"예. 아무래도……."

잠시 뜸을 들이던 그레고리가 한층 신중해진 표정으로 입을 열었다.

"가문전 때문인 것 같습니다."

◀ **53장** ▶
가문전

　절망의 대지 최북단. 마족조차 쉽사리 접근하기 힘든 경계 지역인 카얀스 늪지대. 동식물이 살아갈 수 없는 토지인 것은 물론 마족도 견디기 힘든 음산한 마기가 가득한 늪지대 속에 마왕성 카롯이 위치해 있다.

　그리고 그런 마왕성에 뜻밖의 손님이 찾아왔는데.

　"잘 지내고 있었느냐. 로저스."

　그는 다름 아닌 샤들리 가문의 가주인 로이스였다.

　딸랑딸랑.

　나직이 울려 퍼지는 방울 소리와 함께 수십 개의 인영이 사라진다. 왕좌에 앉아 있던 로저스는 삿갓 아래로 붉은 안광을 드러내며 자리에서 일어났다.

"내가 분명 찾아오지 말라고 했을 텐데."

"아비에게 쌀쌀맞은 것은 여전하……."

콰앙!

바닥에서 솟아난 물기둥이 한 손에 틀어막힌다.

대대로 샤들리 가문의 혈육에게 내려온 권능은 물의 능력.

서로 동일한 능력을 다루는 가운데 뻔하디뻔한 공격이 가주에게 통할 리 없었다.

하지만 그런 것은 아무것도 상관없었다.

"꺼져."

오직 로저스는 눈앞에 있는 존재가 사라져 주길 바라고 있는 것이다. 다만 안타깝게도 로이스는 물러나지 않고 오히려 들고 있던 손을 움켜쥐었다.

딸랑딸랑!

"크윽!"

황금빛을 내뿜으며 공명하는 방울들.

제자리에 주저앉은 로저스는 답답한 가슴을 움켜쥔 채로 그를 노려봤다.

"이제야 편하게 대화를 할 수 있겠군."

"……."

"넌 앞으로 가문을 물려받아 가주로 활동해야 할 사명을 가지고 있어. 그러기 위해선 지금 가문의 사정들도 필수적으로 알고 있어야 할 테지. 잠자코 앉아 듣도록 해라."

늘 이런 식이었다.

이렇게 뜬금없이 찾아와 강압적으로 가문의 소식들은 전하는 것도. 일찍이 가문의 후계자로 육성하기 위해 원하지도 않던 고난과 역경들을 거쳐온 것도.

딸랑딸랑!

'이 빌어먹을 구속 아이템까지도 전부!'

완전히 자신은 로이스의 꼭두각시나 다름없었다.

제아무리 서열 4위에 속한 마왕이라 한들 가주의 손길조차 벗어나질 못하고 있는데 어찌 최상위권 마왕이라고 할 수 있을까.

뒤늦게 자신의 신세가 한심해져 쓴웃음이 흘러나왔지만 로이스는 신경 쓰지 않고 계속해서 가문의 소식을 전했다.

"그리고 이번에 헨드릭 프로이스와 원로 나이언이 파이멀린 가문에 방문했다고 하더군."

"……헨드릭 프로이스."

"그래. 아마 놈들의 목적은 헤르덴 상단이겠지. 픽스가 다시 베텔로 복귀했다고 하니 분명 프로이스 쪽에 정보가 새어 나갔을 거다. 다행히 바라볼이 대부분의 상단원을 미리 제거해두긴 했지만 그중 두 놈의 행방이 묘연해졌지."

"큭. 누가 먼저 놈들을 잡는지가 관건이겠군. 꼴좋구나. 로이스."

"자칫 잘못하면 프로이스 놈들에게 증거를 제공해 줄 수도 있는 상황이긴 하지. 하지만 걱정 마라. 언제나 프로이스 위에 샤들리가 있으니까. 그리고 지금 네놈에게 중요한 것은 가문전이다."

르네의 밤에서 공식적으로 발표하기도 했던 가문전.

마침내 마계 위원회 측에서 대진표를 결정한 것인지 로이스가 양피지를 던졌다.

바닥에 주저앉아 있던 로저스는 한참 그를 노려보다 이내 양피지를 꺼내 펼쳤고, 얼마 되지 않아 휘둥그레진 두 눈으로 고개를 치켜들었다.

"설마 아직도 그놈들과 거래를 하고 있는 거냐."

"그놈들이라니. 지고하신 흑단 분들께 무슨 망발이더냐. 그분들께선 항상 우리들에게 이로운 것들을 제공해 주지. 대가도 얼마 안 된다고. 과연 헨드릭 프로이스가 가문을 이끌고 전쟁에 나설 수 있을지나 모르겠군."

마왕이 직접 가문의 병사들을 이끌고 상대 가문과 전쟁을 치루는 형식의 가문전이다. 그 때문에 일찍이 가문들이 철, 군량미, 전쟁 물자 등등을 구매해 들이며 전쟁을 준비했었지만 40위대 마왕이 명실상부한 최상위권 가문을 이끄는 것과는 다른 문제였다.

1년 사이에 큰 반전을 이루며 성장해 온 헨드릭이라고 하더라도 프로이스 가문을 감당하기엔 아직 부족할 터.

하지만 로이스는 오히려 그런 점을 이용하기 위해 샤들리 가문의 첫 대진을 프로이스 가문으로 만들어냈다.

"가문전은 앞으로 이틀 후 벌어진다. 그때까지 준비해 두도록 해라."

"쓰레기 같은 자식. 이런 식으로 이긴다고 해서 만족스러울 것이라 생각한 거냐."

"물론. 어떤 방식이든 철저히 놈들을 깨부순다. 단지 그것뿐이니까."

그 말을 마지막으로 로이스는 최상층에서 사라졌다. 그제 야 신체를 압박하던 강제력이 사라졌고 미리 자리를 떠났던 인영들도 다시 돌아오기 시작했다.

'그 잘난 용대가리도 결국은 땅으로 추락한다는 것을.'

르네의 밤 당시 의미심장한 말을 남겼던 헨드릭 프로이스.

그때 기억을 상기하던 로저스는 이내 고개를 저으며 손에 쥐고 있던 양피지를 구겼다.

"대체 그놈에게 무엇을 기대하고 있는 건지."

갈수록 마음이 착잡해져만 가고 있었다.

[바쿤 증축 작업이 완료됐습니다.]

[더 페이서 상단 본부 개설 작업이 시작됐습니다.]
[윌트릿이 마법사용 로브 20벌을 제작 완료했습니다.]

파이멀린 가문에서 돌아온 지 얼마 되지 않아 바쿤의 규모가 10층으로 늘어났다. 잭의 지시하에 고생하던 일꾼들과 대장장이들은 마침내 자유를 되찾아 각자의 자리로 돌아가려 했지만, 뒤따라 추가 지시가 내려지며 피눈물을 삼킨 채 상단 건물을 개설하기 시작했다.

비록 영역의 단계가 낮아 최하급 수준의 시설물이긴 했지만 오히려 로버트는 만족해했다.

"모두 처음은 다 이렇게 시작하는 것입니다. 두고 보십시오. 언제고 더 페이서를 마계의 10대 상단까지 짓누를 대상단으로 키우도록 하겠습니다."

과연 산전수전 다 겪은 상인의 자세라고 볼 수 있었다.

그렇게 더 페이서 상단이 본격적으로 상행을 준비하는 사이 실버 부대는 윌트릿에게 마법사용 로브를 건네받게 됐는데, 전속 재봉사의 손길을 거친 덕분인지 새로운 장비의 성능은 매우 뛰어났다.

"취이이익. 가볍다!"

"취, 취익! 좀 더 마법을 빠르게 캐스팅할 수 있다."

"취익, 취익. 록시 님께도 드려야 된다!"

마법 캐스팅 속도는 물론 마법 스킬의 효율까지 소폭 상승시키는 레어급의 옵션.

이로써 오크 샤먼들의 화력도 더욱 상승했다고 볼 수 있었다.

[라딕 던전의 책임자인 위르겐이 중급 젬 광석을 훔치는 데 성공했습니다.]

한편 기존 라딕 던전의 책임자이던 칸과 켄 대신 투입된 위르겐은 지시대로 성실히 작업을 수행하고 있었는데, 전에 배운 교묘한 손놀림 때문인지 광석을 빼돌리는 솜씨가 갈수록 좋아지고 있었다.

물론.

"네놈이 빼돌린 것들 전부 뱉어내라."

"아이고! 제피르 죽는다. 페페펭!"

매번 발각될 때마다 몸이 거꾸로 뒤집어지는 엄벌에 처해졌지만 말이다.

반면 던전의 책임자에서 벗어난 칸과 켄은 불한당의 부대장으로서 병사들과 함께 매일 수련에 나섰는데, 주로 마왕성 침입 및 사냥과 관련된 수행 과제를 대신 클리어해 주며 성장에 집중하고 있었다.

'키에에에엑. 이제 우리는 던전 책임자가 아닙니다. 마왕님!'

'키에엑. 우리도 싸울 수 있습니다!'

바쿤으로 돌아오자마자 그동안의 서러움을 토했던 칸과 켄.

다른 병사들에게 뒤처지면서 쌓인 감정들이 얼마나 많았던 것인지 진화를 거치자마자 자신이 바라왔던 것들을 당당히 요구해 왔었다.

아마 이번 기회를 통해 둘은 더욱 높은 경지로 향할 수 있을 터.

회상을 마친 용찬은 열심히 식물들에게 물을 주고 있는 아이리스를 보며 망령을 소환해 냈다.

-드디어 적이 나타난 거냐?

"이거나 받아라."

-⋯⋯이건 물뿌리개?

한때 대륙의 제국을 위협하기도 했던 푸른 갈퀴 용병단. 간만에 소환되어 새로운 적을 맞이하는가 싶었지만 도리어 필립에게 돌아온 것은 파란 물뿌리개였다.

"우와. 아저씨. 저 도와주시러 온 거예요?"

-어, 어. 음음. 그런 건가.

"자자. 얼른 이리 오세요. 오늘은 헥토르가 바빠서 못 온다고 했단 말예요!"

플레이어 8

결국 그는 정신을 차릴 새도 없이 아이리스에게 끌려가 자라나는 새싹들에게 물을 줘야 했다. 아마 반지의 지속 시간 동안은 계속 그녀를 도와 마당을 관리하게 될 터.

그제야 용찬은 둘에게 영역을 맡겨두고 편하게 마왕성으로 돌아올 수 있었다.

"마침 잘 돌아오셨습니다. 방금 마게 위원회의 골렌 프리도스 님께서 도착하셨습니다."

"금방 가도록 하지."

가문전 관련으로 위원이 오는 것은 예정되어 있던 일.

용찬은 그레고리와 함께 즉시 접대실로 향했다.

"이제 오는 건가."

"늦어서 죄송합니다."

"난 상관없네. 우선 앉도록 하게."

차를 음미하고 있던 골렌이 가볍게 손짓하며 양피지를 꺼내 들었다. 그리고 그레고리가 맞은편에 자리에 앉은 용찬에게도 차를 건네자 본격적으로 대화가 시작됐다.

"자네도 들어서 알겠지만 첫 대진은 프로이스 가문과 샤들리 가문으로 결정이 났다네. 운명의 장난인 것인지 아니면 예정된 수순이었던 것인지는 모르겠지만 자네는 이제 가문을 이끌고 로저스를 상대해야 할 걸세."

"흐음. 그렇군요."

"그래서 내가 이렇게 온 것이기도 하고 말이지. 한데 자네는 특별히 긴장하고 있는 것 같지 않군."

"군이 제가 긴장해야 할 이유가 있습니까?"

찰나의 순간 서로의 눈빛이 충돌한다. 서열 4위 마왕을 상대로 가문을 이끌어야 하는 무거운 짐이 있는데도 불구하고 침착히 가라앉은 흑색 눈동자.

표정 하나 바뀌지 않는 용찬의 모습에 뒤늦게 골렌이 피식 웃었다.

"그래. 처음 서열전 때도 자네는 이랬었지. 그래서 내가 기대하는 것이기도 하고 말야. 우선 가문전에 대해 설명해 주겠네."

테이블 위에 양피지가 쫙 펼쳐졌다.

마계 위원회 측에서 따로 그에게 전달한 것인지 양피지 속엔 가문전에 대한 룰이 적혀 있었는데, 가장 먼저 눈에 들어온 것은 마왕성에 대해서였다.

"공성전을 치러봐서 알겠지만 이번 가문전에서도 각 가문의 거점은 마왕성이 될 걸세. 즉, 프로이스 가문은 바쿤을 수호한다 이거지. 그리고 여기서 가장 중요한 점은 마왕성 내부뿐만 아니라 지정된 바쿤 주위 필드에도 마왕성의 특성을 적용시킬 수 있단 걸세."

"특성을 활용해 판을 뒤집을 수도 있단 거군요."

"그런 셈이지. 바쿤의 특성이 무엇인지는 모르겠지만 조심하게. 카롯의 특성 또한 마왕성 중에서 강한 특성이라고 꼽히니까. 그리고 자네가 가장 걱정하는 게 A급인 로저스와의 격차일 텐데 그것도 크게 걱정할 필요는 없을 걸세. 가문전 특성상 밸런스를 맞추기 위해 자네의 등급도 일시적으로 조절할 테니까."

"그렇다면 승리의 조건은 무엇입니까?"

"마왕성 최상층에 위치한 수정구를 먼저 부수거나 혹은 상대 마왕을 전투 불능 상태로 만드는 것. 그게 아니라면 적군을 전부 전멸시키는 것이지. 물론 항복 의사를 통해 승리하거나 패배하는 경우도 있긴 하네."

장기전이 될지 단기전이 될지는 전투의 양상에 따라 달라진다는 뜻이었다. 그 이후로도 골렌은 가문전이 벌어지는 필드에 대한 정보, 가문전이 마계 전체로 중계된다는 등 나머지 상세한 정보까지 모두 전달해 주었다.

그렇게 한참을 양피지에 적힌 내용을 설명했을까. 가주의 명을 받아 헤르덴 상단을 추적하고 있어야 할 렐슨이 갑자기 접대실로 들어오며 둘의 대화는 막을 내렸다.

"이런 벌써 가문에서 자네를 모시러 왔나 보군. 그럼 난 이만 가보겠네. 가문전도 기대하지. 헨드릭 프로이스."

"힘껏 노력해 보도록 하죠."

"노력이라. 괜찮군."

쓴웃음을 흘리며 사라지는 골렌의 신형.

그제야 대기하고 있던 렐슨이 고개를 숙이며 귀환 주문서를 건넸다.

"가주님께서 기다리고 계십니다. 마왕님."

"그럼 이제 가보도록 할까."

공식적으로 발표된 가문전까지 이제 하루를 남겨놓고 있는 상태다. 오래전부터 앙숙이라고 여겼던 샤들리 가문인 만큼 패배는 용납할 수 없었다. 때문에 미리 가문으로 이동해 준비를 해두어야 할 터.

용찬은 망설일 것도 없이 단체 귀환 주문서를 찢어 병사들과 함께 프로이스 저택으로 이동했다.

그리고 감겨 있던 눈을 뜨는 순간.

처처처처척!

저택으로 정렬해 있는 수만의 군세가 마왕을 맞이했다.

"흑창대 집결했습니다!"

"불의 추적대 집결했습니다!"

"마병대 집결했습니다!"

"귀병대 집결했습니다!"

"불의 기사단 집결했습니다!"

부대장들의 지시를 따라 일제히 무릎을 꿇는 병사들.

한 명, 한 명이 B급 이상에 달해 있는 병사들인 것은 물론 수십 년간 프로이스 가문에게 충성해 온 정예 중에서도 최정예였다.

그리고 그런 광경 속에서 천천히 모습을 드러내는 네 명의 원로와 가주.

한참 바쿤의 병사들이 그들의 기세에 놀라워하는 가운데 펠드릭이 용찬의 곁으로 가까이 다가왔다.

"이 모든 군세가 앞으로 네가 이끌어야 할 가문의 병사들이다."

"……."

"감당할 수 있겠느냐, 헨드릭."

백여 년간 마왕성과 함께 가문을 이끌어온 가주의 눈빛이 맹렬히 불타오른다. 일부 병사들은 1년 만에 달라진 후계자의 모습에 사뭇 기대하는 눈치였지만 거의 대부분의 병사들은 불신이 담긴 눈빛으로 용찬을 올려다보고 있었다.

고작 해봐야 40위대인 마왕이 자신들을 이끈다는 사실이 불만스러울 터.

하지만 그들보다 더 많은 플레이어들을 이끌기도 했던 용찬은 그런 불만들까지 전부 감당할 수 있었다.

아니.

"물론입니다."

오히려 그들을 전부 자신의 것으로 만들 자신까지 있었다.

수년 만에 다시 미첼에 집결한 프로이스 가문의 군세.

전대 서열전에서 당당히 1위를 차지한 최정예 병사들의 소식은 빠르게 마계로 퍼져갔다. 그리고 곧 개최될 가문전에 마족들의 관심도 족족 쏠리기 시작했다.

"어제 저택에서 집결한 병사들의 모습이 아주 장관이라고 하더군. 역시 이번 가문전도 프로이스 가문이 따내겠지?"

"그건 두고 봐야 될 문제 아닐까? 헨드릭 프로이스가 40위대까지 올라오긴 했지만 아직 침묵의 마왕의 상대는 안 된다고. 게다가 이제 막 2년 차인 마왕이 그 수만의 군세를 이끌 수 있을 거라고 보는 거야?"

"2년 차인 것은 로저스도 마찬가지잖아. 서로 수만의 군세를 이끄는 것은 똑같다고."

"틀려, 틀려. 40위 마왕이 군세를 이끄는 것과 4위 마왕이 군세를 이끄는 게 같냐. 등급도 현저히 차이가 나는데 헨드릭 프로이스가 과연 프로이스 가문의 병사들을 감당할 수 있을까?"

헨드릭 프로이스와 로저스 샤들리의 입장 차는 극명했다.

반전의 마왕이란 호칭이 달렸지만 아직까지 C급에 불과한 40위 마왕.

때문에 대중은 대부분 샤들리 가문의 우승을 점치고 있었지만 다른 생각을 품는 마족도 존재했다.

"골렌, 자네는 이번에도 헨드릭 프로이스의 손을 들고 있는 건가?"

"정확히는 아직 고민 중이지."

"직접 바쿤까지 방문했다고 하던데, 역시 자네는 특이해. 저 번 평가전 때는 자네의 선택이 맞았지만 이번만큼은 아닐 걸세. 가문전은 마왕성의 병사들을 데리고 싸우는 서열전과는 완전히 달라. 심지어 전대 서열전에서 1위를 차지한 프로이스 가문의 병사들이야. 과연 반전의 마왕이 그들을 지휘할 수 있다고 보는 겐가?"

"그건 두고 봐야 아는 문제겠지. 가문전 특성상 밸런스를 맞춘다고도 하지 않던가."

"고작 해봐야 C급인 마왕이 일시적으로 A급이 된다고 해서 적응할 수 있는 문제는 아닐 것 같은데 말이지. 클클클."

대답은 복도를 거닐던 젠트의 입에서 나왔다.

한창 가문전에 대해 열성적으로 토론 중이던 중립파 위원들 사이로 난입하는 강경파의 위원. 단숨에 분위기가 싸늘해졌지만 그는 신경도 쓰지 않고 지팡이를 짚은 채 천천히 걸어왔다.

"저 위원 말대로 헨드릭 프로이스가 펠드릭의 군세를 이끄는 것은 사실상 불가능한 일이지. 아마 이번 가문전에서 바쿤은 물론 프로이스 가문의 입지가 크게 흔들리고 말게야."

"승자의 방 때문에 그러시는 것입니까?"

"클클. 눈치가 빠르구만. 이번 승자의 방은 서열전 때와 달리 리스크가 매우 크지. 가문의 영토에서부터 수천만에 달하는 골드, 수만의 젬, 가문의 충성스러운 병사들까지. 패배한 자에게 요구할 수 있는 것은 다양하네. 게다가 요구권이 다섯 개나 주어진다고 하니 승리한 가문은 단숨에 패배한 가문을 짓밟고 마계의 정상에 우뚝 설 테지."

특히나 미첼과 바이칼 사이에서 몇 차례 충돌도 벌어지지 않았던가.

만약 샤들리 가문이 프로이스 가문의 주요 영토 및 병사들을 빼앗아 간다면 언제고 벌어질 전쟁에서 바이칼이 크게 유리할 수밖에 없었다.

딱히 반박할 여지가 없는 사실에 중립파 의원들은 꾹 입을 다물었고, 겐트는 그런 위원들을 쳐다보며 비열한 웃음을 흘리기 시작했다.

하지만 그것도 잠시.

"그렇다고 해서 겐트 자네가 프로이스 가문에게 이기는 것은 아니지 않은가. 특별히 무언가를 한 적도 없으면서 그저 남을 헐뜯고만 있다니. 부끄러운 줄 알게."

느긋이 차를 음미하고 있던 골렌이 한마디를 거들자 그의 인상이 와락 구겨졌다.

"으드득. 자네 지금 진심인가?"

"그럼 진심이지. 난 그저 사실만을 얘기한 것이라네. 무언가 불만이라도?"

"크으으으. 두고 보지. 골렌 프리도스!"

강경파의 중심에 서 있는 겐트 다이러스.

마계 위원회 수뇌부와도 접점이 있던 그가 씩씩거리며 복도로 나가 버리자 주위 위원들이 걱정스러운 눈길로 골렌을 바라봤다.

"자네 괜찮겠는가. 굳이 겐트의 성질을 건드리는 건……."

"잊지 말게. 우린 중립파 위원일 뿐이네. 누구의 편을 드는 게 아닌 제삼자의 입장에서 적절히 판단을 내리는 거야. 그도 쉽사리 중립파에 속한 나를 건들지는 못할 걸세."

숫자로 따진다면 중립파에 속한 위원들이 우월하다.

강경파의 입김이 강하다고 해도 마계 위원회 안에서 한쪽을 몰아붙이는 것은 불가능할 터. 게다가 겐트가 강경파의 중심에 서 있다면 자신은 중립파의 기둥이나 다름없었다.

'뭐, 편 가르기를 원하는 것은 아니지만 굳이 놈이 수작질을 걸어온다면 그에 맞춰주는 수밖에.'

찻잔을 들고 있던 골렌의 눈빛이 묘하게 일렁거리고 있었다.

"흑창대장 기슈가 마왕님께 인사 올립니다."

총 1백 명의 창병이 속해 있는 소규모 정예 부대인 흑창대. 다른 부대와 다르게 병사들의 수는 턱없이 적었지만 그들의 화력만큼은 매우 뛰어나다.

실제로 마계와의 전쟁 당시 랭커 학살자로 불렸던 흑창대인 만큼 실력은 믿을 만할 것이다.

'흑사의 창을 지니고 있던 A급 마족인 기슈. 회귀 이전 내가 죽였던 놈 중 하나였지. 그리고 지금은 내게 불만을 품고 있는 것 같고.'

용찬의 평가는 정확했다.

보통 마족의 세 배는 되는 덩치의 기슈는 눈 한 번 마주치지 않고 금방 문을 닫고 나가 버렸다.

"불의 추적대 렐슨이 마왕님께 인사 올립니다."

총 2천 명의 디텍터 및 도적들이 속해 있는 중규모 정예 부대인 불의 추적대.

주로 특별 지령을 받아 적의 허점을 찌르거나 혹은 추적을 도맡는 부대로서 화력은 낮지만 그들의 시야 확보력과 추적 실력은 타고난 듯한 지경이었다.

한 차례 레비아탄의 영역에서 도움을 받은 적이 있기도 했던 용찬은 렐슨에 대한 평가를 높이 사고 있었다.

"현재 병사들 사이에서 나에 대한 반응은 어떻지?"

"모두들 기대하고 있는……."

"그런 뻔한 거짓말을 내가 믿을 거라 생각하는 거냐."

병사들의 분위기쯤이야 특별한 수단을 사용하지 않아도 금방 알아챌 수 있었다.

궁금한 것은 오직 부대장의 입에서 나오는 진솔한 병사들의 반응들.

이리저리 두 눈을 굴리던 렐슨도 그것을 알아챈 것인지 이내 한숨을 푹 내쉬었다.

"솔직히 말씀드려서 기대는커녕 신뢰조차 하지 않는 상태입니다. 가문전 때는 밸런스를 조종한다고는 하지만 아직 서열대가 낮은 마왕님께서 자신들을 지휘한다는 사실이 그리 내키지 않는 모양이더군요."

"그렇군. 알겠다. 이만 나가봐라."

"예? 그게 끝입니까?"

"그러면 무슨 대답은 원한 거지?"

"……쿵, 알겠습니다."

머리를 긁적거리며 방을 나가는 렐슨.

그 이후로도 나머지 세 명의 부대장들이 방까지 찾아와 직접 인사를 올렸지만 용찬의 대답은 그저 한마디뿐이었다.

"그래, 이만 나가봐라."

충성심과 신뢰의 관계는 금방 형성되는 것이 아니다.

그것을 누구보다 잘 알고 있던 용찬은 애써 병사들에게 충성을 요구하지 않았다.

오히려 가만히 그들을 살펴보며 웅크리고 있을 뿐.

"키에에엑. 마왕님, 놈들이 저희를 무시했습니다!"

"맞아요. 고작 40위대 마왕성의 병사들이라고 뒤에서 수군거리는 것을 들었다구요!"

"폐폐폐펭. 그나저나 저택에 귀중품이 많이 보이는군요. 크흠흠."

바쿤 병사들에 대한 시선도 냉랭한 것은 마찬가지였는지 몇 명이 방으로 달려와 불만을 토해냈다.

'이게 당연한 반응이겠지. 정식 후계자로서 직접 그들 앞에 선 적은 이번이 처음이니까.'

만약 가문전이 발발하지 않았더라면 가주 자리를 물려받기 전까진 프로이스 가문의 군세는 구경도 하지 못했을 것이다.

제아무리 1년 만에 반전을 이루었다고 해도 1위였던 펠드릭과는 엄연히 차이가 있을 터.

용찬은 위르겐의 품속에 숨겨져 있던 보석들을 빼앗으며 로드멜에게 물었다.

"이제 가문전 시작까지 얼마나 남았지?"

"한 시간도 채 남지 않았습니다."

"좋아, 출발하도록 하지."

미리 마계 위원회에서 저택 앞에 게이트를 개설해 놓은 상태다. 정원에 정렬해 있는 군세들과 함께 게이트로 들어간다면 금방 가문전이 벌어질 필드가 나올 터.

그렇게 모든 준비를 마친 용찬은 주력 병사들과 함께 복도로 나왔다.

"저것 좀 봐. 도련님께서 출발하시려나 봐."

"최근에 많이 변하신 것 같긴 하지만, 정말 괜찮을까? 로저스 님과는 거의 30위 정도가 차이 나신다고 들었는데."

"게다가 프로이스의 병사분들도 전부 불만을 갖고 계시잖아."

가장 먼저 들려온 것은 하녀들의 대화 소리. 그동안 저택에서 오가는 얘기들을 일부 주워 담은 것인지 현재 분위기에 대해 거의 알고 있는 눈치였다.

"이제 출발하시는 것 같아. 그런데 가주님이 아닌 도련님의 지시를 받는 날이 올 줄이야."

"그 침묵의 마왕 로저스를 상대로 몇 초나 버틸 수 있을까. 지휘도 잘 못할 것 같은데 말이지."

"하아, 샤들리 놈들과의 전쟁인데 벌써부터 맥이 빠지는 기분이야."

두 번째로 들려온 것은 저택에서 정원으로 돌아가는 병사들의 불만 어린 대화 소리.

일찍이 홍염의 패자 아래서 적들과 부딪혀 온 그들이었기 때문에 40위대까지 올라온 후계자라고 하더라도 지시를 냉큼 따른다는 것이 쉽진 않을 것이다.

"드디어 출발하는 것이냐."

마지막 세 번째로 들려온 것은 펠드릭의 목소리였다.

직접 가문전에 참가하진 못하지만 가주의 권한상 필드 내에서 관전을 할 수 있던 그는 원로들과 함께 용찬의 곁으로 다가왔다.

"넌 분명 '감당할 수 있냐'는 내 질문에 '물론이다'라고 대답했었지. 아마 밸런스를 맞춘다고 해도 A급의 힘에 금방 적응하긴 힘들 거다. 그리고 이런 수만의 군세를 이끄는 것도 처음일 테지. 다시 한번 물으마. 정말 자신 있는 것이냐. 상대는 서열 4위의 마왕, 침묵의 로저스다."

"대답은……."

누가 보더라도 승자는 이미 정해진 것이나 다름없었다. 직접 가문전에 참여하는 군세들마저 후계자를 신뢰하지 못하니 그럴 수밖에.

하지만.

"갔다 와서 하도록 하겠습니다."

그런 사소한 부분까지 신경 쓸 용찬이 아니었다.

가히 오만하면서도 패도적인 대답에 펠드릭은 멍하니 용찬의 뒷모습을 바라봤다.

그리고 얼마 되지 않아 입가를 말아 올리며 중얼거렸다.

"과연 프로이스 가문의 핏줄답구나."

겉모습뿐만 아니라 속까지 완벽히 변해가고 있었다.

그것을 직감한 것은 가주 뒤에 서 있던 원로들도 마찬가지였지만 단 한 명만큼은 시선이 그리 곱지 못했다.

하지만 그것을 알 리 없던 용찬은 시간에 맞춰 병사들과 함께 게이트를 넘어갔고 얼마 되지 않아 새로운 필드를 맞이하게 됐다.

[가문전 필드에 진입했습니다.]

[프로이스 가문 병사들이 불만을 표하고 있습니다.]

[프로이스 가문 병사들의 사기가 바닥을 치고 있습니다.]

[프로이스 가문 병사들의 충성심이 바닥을 치고 있습니다.]

세 개의 큰 다리를 중심으로 형성되어 있는 좌측의 마왕성 바쿤과 우측의 마왕성 카롯. 공성전의 필드를 모티브로 삼아 새롭게 필드를 구축한 듯 보였지만 서열전과 달리 가문전의 필드는 무척 넓고 장엄했다.

특히 병사들의 상태까지 일일이 메시지로 표시해 주는 것인지 프로이스 가문의 현재 상황이 여실히 눈앞에 드러나고 있었다.

"기다리고 있었습니다, 헨드릭 프로이스 마왕님."

"평가전 때 심판을 맡았던 위원이었던가."

"다시 한번 인사 올립니다. 마계 위원회의 일원 램버스라고 합니다. 이번에도 다름없이 가문전을 맡게 되었습니다."

광대 복장을 한 램버스가 공손히 인사를 올렸다.

하지만 그보다 더욱 관심이 가는 것은 맞은 편에 위치한 샤들리 가문의 군세였다.

'이번이 두 번째로 부딪히는 건가. 밸런스를 어떤 식으로 맞추는지에 따라서 승부가 갈리겠군.'

군세들 중심에 오롯이 서 있는 로저스 샤들리.

등급이 비슷해진다면 충분히 그를 상대로 승산이 생기겠지만 문제는 능력들과 장비였다.

마침 램버스도 그런 시선을 눈치챈 것일까.

"현재 마왕성과 더불어 마왕님께서도 C급에 머물고 계시다고 들었습니다만. 역시 A급의 로저스 님과는 밸런스가 맞지 않겠죠. 일단 병사분들을 대기시켜 놓고 이쪽으로 오십시오. 제가 안내해 드리겠습니다."

다리 밑에 개설되어 있던 탑을 가리키며 직접 앞장을 서기 시작했다.

'역시 밸런스를 맞추기 위해 따로 수단을 마련해 둔 건가. 과연 마계 위원회가 어떤 방법으로 시스템에 관여할지 궁금해지는군.'

애당초 서열전 및 가문전을 만든 것 자체부터 크게 의심이

갔다.

샤들리 가문과 모종의 거래를 하고 있다는 위원회 최상위 집단인 흑단.

아마 모든 비밀은 그들에게 숨겨져 있을 것이다.

"자, 여기 손을 갖다 대시죠. 마계 위원회에서 특별히 마련한 균형의 서입니다. 이게 마왕님과 바쿤 병사분들의 밸런스를 자연스럽게 맞춰줄 겁니다."

한참 그를 따라 탑 상층까지 진입했을까.

제단 위에 놓여 있던 푸른 책이 눈에 보였다.

[균형의 서(?)]

'이게 밸런스를 맞추기 위한 수단. 생전 듣도 보도 못한 아이템인데. 정말 이게 등급을 일시적으로 A급까지 끌어올린단 건가.'

등급조차 불명인 균형의 서에 의문이 들었지만 지금은 가문전에서 승리하는 것이 우선이었다.

용찬은 램버스가 지켜보는 가운데 균형의 서에 손을 얹었다.

[인식 완료]

[가문전을 위해 밸런스를 조종합……]

[불가!]

'뭐?'

마치 시스템에 오류가 걸린 듯 적색 메시지가 반짝거렸다.

하지만 그것도 잠시.

[저장되어 있던 기록을 발견했습니다.]

[일시적으로 기록을 불러옵니다.]

무언가 해결 방법을 찾은 것인지 균형의 서가 푸른 빛을 발했다.

그리고.

[등급이 A로 조정됐습니다.]

[스킬들이 지급됩니다.]

[특성들이 지급됩니다.]

[장비들이 지급됩니다.]

단숨에 차림새가 익숙한 장비들로 바뀌어갔다.

곁에 있던 램버스는 예상치 못한 복장에 당황하고 있었지만 용찬만큼은 착용된 장비들을 알고 있었다.

[상태창이 일시적으로 복구 됐습니다.]
[칭호가 부여됩니다.]

한때 진영 전체를 뒤흔들었던 단 한 명의 머더러, 오직 힘으로 권좌를 차지했던 최정상의 무투가.

'광악!'

광기로 물든 악마가 다시금 세상에 모습을 드러내는 순간이었다.

'넌 오직 내 명령에만 따라야 된다. 로저스.'

방울 소리가 들려올 때마다 격렬한 두통이 시작된다. 마치 온몸을 죄여오는 족쇄처럼.

새장 안에 갇혀 하늘을 날아오르지 못하는 새처럼 자신은 자유롭지 못했다. 이대로라면 언제까지고 로이스의 손 위에서 놀아날 터.

그 사실을 늘 인지하고 있던 로저스였지만 서열 4위 마왕도 강제력 앞에선 무력하기 그지없었다.

"도련님. 괜찮으신가요?"

"날 감시하러 온 건가. 그 잘난 가주의 명령을 받고?"

"······군이 그런 것은 아니지만 마계 위원회를 통해서 가문전이 마계 전체로 중계되고 있어요. 경솔한 행동은 삼가주시길."

"큭. 그래. 네놈 뜻대로 해주지. 그래서 적들의 현황은?"

긴 로브로 인상착의를 감춘 케트라가 다리 건너편 프로이스 가문의 군세를 보며 입을 열었다.

"도합 3만 2천여 명의 병사들. 물론 바쿤의 병사들까지 합쳐도 그 정도예요. 숫자상으로는 저희가 압도하긴 하지만 화력 면에선 저쪽도 크게 뒤처지지 않을 것 같네요."

샤들리 가문은 카롯의 병사들까지 합쳐 도합 4만 1천여 명의 병사들을 소유하고 있다. 프로이스 가문과 마찬가지로 최정예 병사들로 집결시켜놓은 상태지만 펠드릭과 함께 활동해 온 다섯 개의 군대를 무시할 순 없을 것이다.

"마왕성 바쿤은 카롯과 동일하게 이미 A급으로 설정되어 있어요. 크기가 다르긴 하지만 내구도 및 방어력은 똑같다는 소리죠. 아마 헨드릭 프로이스와 함께 바쿤의 병사들도 밸런스를 위해 A급 혹은 B급으로 설정될 거예요. 다만······."

"다만?"

"일시적으로 등급이 맞춰진다고 해도 프로이스 가문에 승산은 없을 겁니다."

고작 해봐야 백여 명의 병사들을 이끌고 다니던 40위대 마왕이다. 임시적으로 등급이 조정된다고 해도 이런 대규모 전쟁에 경험이 없을뿐더러 A급에 달하는 능력에 쉽게 적응할 리가 없었다.

게다가 펠드릭에게 충성을 맹세했던 프로이스 가의 병사들이 C급 마왕에게 신뢰한다는 것은 거의 불가능한 일. 오히려 전쟁을 치르는 내내 헨드릭에게 불만을 가질 것이 뻔했다.

그런 세세한 부분들까지 꿰뚫어 본 케트라는 어떤 이변이 일어난들 샤들리 가문이 승리할 것이라 믿었다.

"모두가 그렇게 생각하고 있겠지. 나도 그렇고 너도 그렇고 말이야. 헨드릭 프로이스는 됐고 주의 깊게 볼 프로이스 가문의 병사들은 누구누구지?"

"다섯 명의 부대장들이에요. 특히 불의 기사단을 맡고 있는 다가즈를 제거하지 않는 이상 제 장거리 마법은 시도도 하기 전에 방해받을 거예요. 그 외 나머지는 저희 부대가 맡을 테니 걱정하실 것은 없고 남은 것은 바쿤이지만 일시적으로 등급이 오른다고 해도 헨드릭과 마찬가지로 그 힘에 쉽게 적응하지 못할 거예요."

"자신만만하군. 그러면 바쿤은 제외한다 치고 내가 맡아야 할 놈은 다가즈, 아니, 불의 기사단인가."

"그리 만만하게 볼 상대가 아니에요. 전대 서열전에서도……."

"그건 내가 알아서 판단한다."

뼛속까지 사무칠 정도로 오한이 드는 살기.

샷갓 아래로 은색 안광이 일렁이는 가운데 둘 사이로 안대를 쓴 마족이 나타났다.

"그쯤 하시지요. 저희는 상황을 봐서 불의 기사단이 맡게 될 다리로 이동하겠습니다. 나머지는 부탁드리지요."

"……레스길."

1년 전 로저스가 직접 영입했던 카롯의 정식 용병 레스길.

가문에서조차 과거 정보들을 알아내지 못했던 그는 항상 안대로 눈을 가리고 다니는 것이 특징이었는데, 지금도 오직 감각만을 통해서 로저스와 함께 성안으로 들어가고 있었다.

홀로 남겨진 케트라는 한참 동안 멀어져 가는 둘을 바라만 봤고 얼마 되지 않아 한숨을 푹 내쉬었다.

"까다롭네."

[바쿤 병사들의 등급이 조정됐습니다.]
[바쿤 병사들의 스킬 레벨이 일시적으로 상승합니다.]
[바쿤 병사들의 특성 레벨이 일시적으로 상승합니다.]
[바쿤 병사들의 능력치가 일시적으로 상승합니다.]

균형의 서는 발동자인 마왕뿐만 아니라 마왕성의 병사들까지 강제로 등급을 조정했다. 비록 장비 및 능력 개수는 크게 영향을 받지 않았지만 대신 기존에 지니고 있던 능력치 및 기술들의 숙련도가 대폭 상승하며 반쪽짜리 A급이 되어 있었다.

한데, 정작 발동자인 용찬은 단순히 그 정도만 상승한 게 아니었다.

[불사자의 투구(유니크)]

[불사자의 전신 갑주(유니크)]

[불사자의 장갑(유니크)]

[불사자의 부츠(유니크)]

'불사자 세트를 다시 보게 될 줄이야. 불사자 퀘스트는 거의 4년 차 때 발생한 일이었는데.'

근접 계열 직업에 특화된 옵션들은 물론 필리모터의 효과를 두 배로 증폭시켜 주는 세트 효과까지.

마계에서의 전쟁이 끝날 무렵까지 착용하고 있던 불사자 세트인 만큼 효과뿐만 아니라 방어력과 내구성도 매우 뛰어났다.

용찬은 믿기지 않는 눈빛으로 갑주를 내려다봤지만 거기서 끝이 아니었다.

[마그나카르타(유니크)]

너클 형태의 유니크 무기인 마그나카르타 또한 회귀 이전 장비 중 하나.

특히 볼버의 흑수보다 거친 어둠의 기운과 함께 화염 속성력을 내지하고 있어 가벼운 무게임에도 불구하고 뛰어난 살상력을 발휘하는 유니크 장비였다.

[플레이어 명:고용찬]

[등급:A(임시)]

[종족:마족]

[직업:무투가]

[특성:24(임시)]

[스킬:31(임시)]

[칭호:광악(임시)]

[권능:뇌전]

[힘:210][내구:189][민첩:205][체력:250]

[마력:334][신성력:0][행운:150][친화력:299]

[상태:능력치가 일시적으로 복구되어 있습니다.]

'정말 그때의 능력들이 전부 되돌아왔다.'

비록 균형의 서를 통해 일시적으로 유지되고 있는 상태였지만 돌아온 능력들만큼은 진짜였다. 아니, 오히려 기존의 능력들과 합쳐져 더욱 경지가 높아진 상황.

마족의 육체란 것까지 포함했을 때 지금의 용찬은 전성기를 넘어 회귀 이전 태현보다도 강력해져 있었다.

"이럴 수가. 원래라면 능력치와 숙련도만 상승해야 정상인데. 장비까지 새로 탈바꿈되다니. 대체 무슨 일이 벌어진 것입니까?"

균형의 서의 효과를 미리 알고 있었던 것일까.

완전히 차림새가 뒤바뀐 용찬의 모습에 곁에 있던 램버스가 몹시 당황해했다.

"그걸 나에게 물어서 뭐 어쩌자는 거지. 균형의 서를 관리하고 있던 것은 네놈들이었을 텐데?"

"그, 그건 그렇지만. 이런 상황은 처음 겪는지라."

"나도 모른다. 그저 균형의 서의 효과에 따라 장비가 새로 지급됐을 뿐."

오류가 발생하면서 저장되어 있던 기록을 불러온 것은 용찬도 전혀 예상치 못한 일이었지만, 현 능력과 장비들이 회귀 이전 소유하고 있던 일부분이란 것은 알고 있었다.

때문에 광악 시절 능력들에 대해선 시치미를 뚝 뗐고, 램버스도 이미 벌어진 일에 대해선 수습이 불가능한 것인지 몇 차례 누군가와 통신을 하더니 이내 고개를 숙였다.

"죄송합니다. 순간적으로 당황해 마왕님을 의심하고 말았 군요. 우선 균형의 서엔 아무런 문제가 없다는 것으로 판단해 이대로 가문전을 진행하기로 했습니다."

"그러면 얘기는 이걸로 끝이겠군. 이만 돌아가 봐도 되겠지?"

"물론입니다. 정확히 20분 후 가문전이 시작될 예정이니 병 사분들과 함께 천천히 준비하시길."

결국 균형의 서에 대한 의문을 풀 여지도 없이 밸런스 조종 은 끝이 났다.

하지만 그럼에도 용찬은 순간적으로 봤던 메세지들이 잊히 질 않았다.

'회귀 이전 능력을 되돌린 균형의 서도 그렇고. 균형의 서를 소유하고 있는 마계 위원회. 그리고 방금 전 놈이 통신하던 상 대까지. 분명 지시를 내린 놈은 위원회 측 수뇌부겠지. 흑단. 언제고 놈들에 대해서도 파고들어 봐야겠어.'

마계의 대부분을 관리하고 있는 마계 위원회.

잘하면 회귀 이전 때는 알지 못했던 진실이 그곳에 숨겨져 있을지 몰랐다.

"평소 때보다 마력이 몇 배는 상승했어. 이게 가문전의 밸런스 조종인가."

록시의 손 위에서 푸른 마력들이 발출되다 못해 날뛰기 시작했다.

마력에 재능이 있던 자신조차 쉽사리 제어하지 못하는 엄청난 마력량.

마법들의 숙련도와 함께 능력치까지 대폭 상승하다 보니 이런 현상이 줄기차게 발생하고 있었다.

그리고.

"페페펭. 시야가 너무 넓어졌어. 적응이 안 된다구!"

"이거 봐요. 장궁으로 바위를 때렸는데 오히려 바위가 부서졌어요!"

"끄응. 채널링의 효과가 상승한 것은 좋지만 너무 한꺼번에 많은 상태창이 떠버리니 눈이 아프군요."

그것은 다른 병사들도 마찬가지인 듯했다.

모두들 단숨에 급성장해 버린 힘에 도취하면서도 쉽게 적응하지 못하는 상황.

그런 난장판 속에서 루시엔이 씩씩거리며 헥토르의 머리에 꿀밤을 때렸다.

"넌 장궁을 부수려고 작정한 거야? 그리고 지금은 그게 중요한 게 아니라고. 다들 저길 좀 봐봐!"

"페펭. 부대장들이 회의를 하고 있는 듯하군."

"그래. 회의! 근데 정작 우리들은 빼먹고 있잖아. 이 음탕한 제피르 자식아!"

"아이고. 위르겐 죽는다! 페펭!"

가문전에 참여한 것은 프로이스 가문의 병사들뿐만 아니라 바쿤의 병사들도 마찬가지였다.

필드 위에 떠오른 대기 시간만 계속 줄어드는 가운데 부대장들은 완전히 바쿤을 무시한 채 회의를 진행하고 있었다.

"저놈들. 분명 우리들은 도움도 안 될 거라 생각하고 있는 거야. 그렇지 않고서야 이럴 순 없어."

"그럴 수밖에 없겠지. 저 병사들은 몇십 년간 가문을 위해 싸워온 자들이고 우리들은 기껏 해봐야 밸런스 조종으로 힘을 얻은 상태니까. 경험 면에서는 저쪽이 더욱 월등할 수밖에."

"우리가 무엇을 위해서 싸우고 있는데! 마왕성도 아니고 프로이스 가문을 대표해 나온 상태인데 적어도 함께 싸운다는 생각은 들어야 하는 거 아냐?"

루시엔의 말대로 마왕성 카롯도 샤들리를 대표해 가문전에 참여한 상태.

그 사실을 누구보다 가장 잘 알고 있던 바쿤의 병사들이었지만 록시의 말 또한 사실이었기에 차마 나서진 못하고 있었다.

게다가 당장 자신들의 주인인 마왕조차 보이지 않는 상황 아니던가.

한창 회의 중이던 부대장들도 서서히 의견이 통일되어 가는 것인지 제각기 일어날 기미를 보였다.

"그러면 중앙 다리로 마병대를 집결시켜 놓고 불의 기사단이 집중적으로 적의 마법을 상쇄하는 형식으로 초반 구도를……."

"벌써 회의가 끝나가는 건가."

"마, 마왕님?"

회의를 마치려던 찰나, 흑색 갑주를 입은 마족이 천천히 걸어왔다.

가장 먼저 그가 용찬이란 것을 파악한 렐슨이 급히 자리에서 일어나 고개를 숙였지만, 다른 부대장들은 시큰둥 한 표정으로 뒤늦게 자리에서 일어나고 있었다.

그리고 기슈가 영 불편하다는 눈빛을 담아 입을 열었다.

"제가 부대장들을 대표해 말씀 올립니다만. 솔직히 바쿤은 가문전에 크게 도움이 될 것 같지 않습니다. 밸런스 조정이 되었다고는 하지만 당장 그 힘을 제어하지도 못하는데 어찌 샤들리 가문을 상대하겠습니까. 그러니 우선 저희들이 결정한 대로 따라주시지요. 도련님."

"즉, 네 말은 바쿤은 도움도 안 되는 존재라 이거군. 거슬려서 미리 치운다는 심보냐. 그러면 나는 어떻지?"

"……솔직히 도련님도 마찬가지일 것이라 판단하고 있습니다."

정식 후계자를 멋대로 평가하고 모독하는 죄는 매우 크다.

하지만 지금은 무엇보다 가문전이 가장 중요했다.

때문에 기슈는 그 죄까지 전부 짊어질 각오로 진심을 토해 내고 있었다.

"……."

"……."

순식간에 착 가라앉은 무거운 분위기에 다른 부대장들이 침음을 흘렸다.

하지만 그것도 잠시.

"그렇군. 좋아. 일단 들어나 보지."

용찬이 흑색 투구를 벗으며 고개를 끄덕거렸다.

그제야 렐슨이 안도의 한숨을 내쉬었고 기슈도 한결 편해진 얼굴로 진형에 대해 설명하기 시작했다.

현재 가문전의 필드는 세 개의 큰 다리와 두 개의 성으로 이루어진 구조.

가장 관건이 되는 것은 케트라의 대규모 이동 마법을 막는 것이었고 그 다음이 샤들리 가문의 화력을 줄이는 것이었다.

때문에 방어에 치중한 마병대와 마법을 방해할 불의 기사단을 중앙 다리로. 그리고 흑창대, 귀병대, 불의 추적대의 인원을 나눠 좌우 다리를 번갈아가며 사수하는 것으로 진형이 결정됐다.

"바쿤의 병사들은?"

"원래 하시던 대로 바쿤을 사수하시면 됩니다."

정작 가문의 후계자인 마왕은 선봉도 아닌 마왕성 지킴이 행세였다.

샤들리 가문의 로저스와는 정반대 입장인 것이다.

렐슨은 기슈를 눈 앞에 두고 고민하는 용찬을 보며 식은땀을 흘렸다.

하지만 그것도 잠시.

'어라. 그러고 보니 마왕님의 장비가 완전히 전부 바뀐 것 같은데. 밸런스 조정으로 새로운 장비까지 건네받으신 건가?'

머리부터 발끝까지 싹 달라져 있는 장비를 보며 고개를 갸웃거렸다.

[가문전 시작까지 1분 남았습니다.]

마침 적절하게 울려 퍼지는 신호음.

이제 시작을 거의 앞둔 가운데 용찬도 결정을 내린 것인지 이내 입을 열었다.

"너희들 뜻대로 해주지. 하지만 바쿤의 병사들은 마왕성으로 가지 않는다. 오히려 불의 기사단과 함께 중앙 다리를 사수한다. 그러니 너희 네 개의 부대들은 각자 알아서 좌우 다리를 사수하도록."

"도, 도련님?"

"그리고 흑창대장 기슈."

마치 먹잇감을 노리는 맹수처럼.

끝을 알 수 없는 흑색 눈동자 속에서 스멀스멀 살기가 피어올랐다.

"도련님이 아니라 마왕이라고 불러라."

"……."

어찌 이리도 위협스러운 기세일까. 단연 가문 내에서 무력으로 견줄 자가 없다고 평가되는 기슈 아니던가.

한데, 용찬의 압도적인 기세에 반항조차 못 하고 입을 꾹 다물고만 있었다.

[가문전이 시작됐습니다.]

서서히 다리로 진입하기 시작하는 샤들리 가문의 병사들.

끝에 가서 회의가 엉망이 되어버리긴 했지만 진입하는 적들을 막는 게 가장 급선무일 것이다.

"시작됐군. 다가즈. 불의 기사단을 이끌고 날 따라와라."

"아, 알겠습니다."

넋이 나간 듯 멍하니 서 있던 다가즈가 뒤늦게 용찬을 따라나서자 다른 부대장들도 일제히 정신을 차리고 각자 맡은 다리를 사수하기 시작했다.

그리고 바쿤의 병사들까지 넘어와 중앙 다리에 자리를 잡았을 때.

[클라우드 토템을 설치했습니다.]

[일정 시간 동안 지정된 범위로 은신 효과가 부여된 안개가 생성됩니다.]

용찬을 중심으로 뿌연 안개가 주변을 장악해 갔다.

"마왕님. 이 안개는 대체?"

"뒤로 물러나 있어라."

광기에 물든 두 눈동자가 붉게 빛을 발한다.

마치 증기가 피어오르듯 갑주 사이로 흘러나오는 검은 연기들.

뒤늦게 손에 장착된 마그나카르타가 강렬한 열기를 뿜어내자 모든 준비는 끝이 나 있었다.

[파이렛 5식이 발동됩니다.]

[광군주의 반지 효과가 발동됩니다.]

[불사자 장비의 세트 효과가 발동됩니다.]

차례대로 발현되는 장비와 스킬의 효과들.

그리고.

[폭주 모드가 발동됩니다.]

마지막까지 붙잡고 있던 이성의 끈이 풀어지자 세상이 붉게
물들었다.

계기는 파이칸 고대 유적지였다.

예측 불능의 괴물 사태후, 제3의 세력이라고 볼 수 있는 마
족과 그의 병사들.

물론 마족의 출현은 태현과 그의 동료들이 일괄 침묵하며
묻어가는 분위기였지만 단신으로 권좌를 때려눕힌 사태후만
큼은 정보의 통제가 불가능했다.

"이번 달만 해도 벌써 네 번째 습격인가. 아예 작정하고 물
어뜯는군. 체이서 놈들."

"유적지가 공략된 이후로 더욱 극성을 부리고 있습니다. 제
7 도시 지스에서 세 차례 지원 요청이 온 것만 봐도 얼마나 놈
들이 교묘해졌는지 알 수 있죠."

"교묘해진 것도 교묘해진 것이지만 문제는 그 사태후란 놈

이겠지. 설마 머더러가 권좌를 전투 불능 상태로 만들어 버릴 줄은 추호도 몰랐다고."

단순히 거리가 가까운 진영이라서 그런 것인지 아니면 특별한 이유가 있는 것인지는 모른다. 다만 한 가지 분명한 것은 사태후가 본격적으로 체이서 집단을 이끌고 리오스 진영을 노리고 있다는 사실이었다. 때문에 대형 길드에서도 각별히 놈들을 주시하며 습격받은 도시로 지원에 나서고 있었지만 사태후는커녕 왼팔이라 불리는 사혁조차 막아내지 못해 일방적으로 피해만 입고 있는 상황.

태현은 테이블을 놓고 앉아 대화를 나누는 동료들을 보며 인상을 굳혔다.

'탐(貪)의 화신 사태후. 직접 부딪혀 본 적이 없어 얼마나 강한지 정보로만 알고 있었는데. 그런 괴물 놈이었을 줄이야. 여기서 더 이상 사태후에게 발이 묶이면 안 될 텐데.'

슬슬 악몽의 탑 공략을 시작해야 할 시기였다. 약간 이른 감이 없지 않아 있긴 하지만 그 사건이 벌어지기 전에 미리 층수를 최대한 클리어 시켜놔야 할 터다.

'게다가 고용찬, 아니, 고용찬이라고 할 수 있을까. 플레이어도 아니고 마족이 유적지까지 들어오다니. 말하는 것만 봐선 고용찬 같았지만 얼굴은 내가 알던 놈이 아니었어. 대체 뭐가 어떻게 된 거지. 동시에 회귀한 것도 의문인데 갑자기 마족이

라니. 역시 바쿤과 관련이 있는 건가.'

하멜이 리셋된 이후 최하급 서열이던 바쿤이 변하기 시작했다.

여태껏 겪은 사건들과 정보들을 종합해 보면 결론은 둘 중 하나일 터. 용찬이 마족의 몸을 가졌거나 혹은 마족과 손을 잡았다는 의미다.

'전자든 후자든 말도 안 되는 일이지만 만약 둘 중 하나가 맞다면 골치 아파져. 그러니 우선 그전에 사태후를 확실히 제거해야 된다.'

이미 계획은 세워가고 있는 상태다.

태현은 통신 수정구를 매만지며 아둔과 유이치에게 지시를 내렸다.

"두 분은 먼저 악몽의 탑으로 들어가 주시기 바랍니다."

"뭐? 우리 둘이서?"

"예. 추가 지시는 메시지를 통해 전달하겠습니다. 그리고 동현 님께선 쏜즈와 적월 길드를 호출해 주시죠. 아놀드 님껜 제가 따로 통신을 해두도록 하겠습니다."

"알겠습니다."

체이서 집단의 개입으로 카스트랄 대거 조각 하나를 뺏기긴 했지만 대신 진영 내 반대 세력과 다리를 놓을 수 있는 계기가 생겨났다.

동일한 목표가 생긴 것이다.

아마 쏜즈 길드와 적월 길드가 그 다리의 시작 부분이 될 터.

이제 남은 것은 아둔과 유이치를 통해 악몽의 탑 일부 층수를 미리 클리어해 놓는 것뿐이었다.

"유태현. 질문 한 가지 해도 되겠나?"

서서히 일행들이 방을 빠져나가던 찰나 아둔이 말을 걸어왔다.

"무슨 질문이십니까?"

"난 솔직히 그놈이 마족이든 플레이어든 신경 쓰지 않아. 그저 내가 궁금한 것은 하나뿐. 놈이 얼마나 강한지다."

"……."

"태현. 넌 거울성 때 그놈에 대해 알고 있던 눈치였지. 다른 것은 묻지 않겠어. 대신 그놈이……."

"그때 파이칸 고대 유적지에서 보신 게 전부가 아닙니다."

"뭐?"

직접 마족과 한 차례 충돌하기도 했던 태현이다. 그런 태현의 눈에 아둔은 그저 불에 날아드는 나방으로밖에 보이지 않았다.

'지금도 눈에 선하지. 폭주해 미쳐 날뛰던 악마 한 명이…….'

불현듯 머릿속으로 흑창대를 괴멸시켰던 한 남자의 등이 떠오르고 있었다.

움찔!

필드 전체를 뒤덮는 극도의 광기.

안개가 형성된 중앙 다리에서부터 불안한 기운이 엄습해 왔다.

'대체 이 느낌은 뭐지. 몹시 흉악스러우면서도 이질적인 기운이야. 전대 마왕들에게서도 이런 기운은 거의 느껴본 적이 없었는데.'

심지어 로이스도 이 정도의 기운은 내지하고 있지 않았다.

그 사실을 인지하고 있던 로저스는 눈살을 찌푸리며 이질감의 근원인 중앙 다리를 쳐다봤다.

안개 사이를 뚫고 조금씩 모습을 드러내기 시작한 흑색 갑주. 갑옷의 틈새 곳곳으로 정체를 알 수 없는 시꺼먼 증기가 뿜어져 나오는 가운데 투구 속에서 붉은 안광이 빛을 발했다.

"좋지 않군요. 프로이스 가문에 저 정도의 위압감을 가진 병사가 있었다니."

"레스길. 너도 느낀 거냐?"

"예. 마치 온몸을 죄여오는 듯한 흉악한 기운이로군요. 가주? 아니, 규칙상 펠드릭은 나올 수 없을 텐데. 그렇다면 도대체 누구지?"

레스길의 말대로 생전 처음 보는 마족이었다. 무기로 보이는 것이라고 해봤자 손에 착용하고 있는 흑색 장갑뿐.

반면 케트라는 아직까지 놈이 내지하고 있는 기운을 감지하지 못한 것인지 고개를 갸우뚱거리고만 있었다.

하지만 그것도 잠시.

[구월의 창시자 다가즈가 마력 봉쇄를 시전했습니다.]
[일정 범위 내로 모든 마법사의 마력을 차단합니다.]

안개 속에서 진홍빛 마법진이 발현되며 마법을 준비하던 마법사들의 영창이 끊기고야 말았다. 그제야 중앙 다리에 불의 기사단이 위치한 것을 깨달은 케트라는 인상을 구기며 로저스에게 넌지시 눈짓을 보냈다.

'먼저 뚫어보겠다, 이건가. 느낌이 영 좋지 않은데.'

프로이스 가문 못지않게 월등한 병사들과 용병들을 소유하고 있는 샤들리 가문이다.

하지만 흑갑주는 방출하는 기운부터가 심상치 않았다.

"킬킬킬. 혼자서 다리를 막을 생각인 건가. 멍청하기 그지없군."

"우리가 나서야 할 시간이야. 형!"

아슬아슬한 외줄 타기를 하듯 다리의 좌우 기둥을 타고 재빨리 달려드는 두 명의 난쟁이 마족들. 로저스도 가끔 가문 내에서 봤었던 샤들리 가문의 정식 용병 베킴, 버킴 형제였다.

둘은 미리 케트라에게 지시를 전달받은 것인지 진입하던 병사들을 제치고 가장 먼저 흑갑주에게 날을 들이밀었다.

"베킴, 버킴 형제면 레비아탄과 비슷한 수준의 용병이었던가."

"그렇습니다. 주로 가문의 지시를 받아 표적을 암살하고 다니는 민첩한 마족들이었지요. 흑갑주의 정체가 누구인지는 몰라도 형제가 쉽게 당하는 일은……."

덥석!

레스길이 두 형제의 실력을 확신하던 찰나, 거친 손길에 조그마한 형체가 잡혔다.

"끼에에엑. 이거 놔. 이거 놓으라고!"

"베킴 형!"

무려 B급 상위 암살자인 베킴이지 않던가. 한데, 어찌된 것인지 칼 한 번 제대로 놀려보지 못하고 흑갑주의 손에 붙잡혀 버린 상태였다.

그런 광경에 케트라는 경악을 내질렀고 붙잡힌 베킴은 얼마 되지 않아 검은 불길에 활활 타오르기 시작했다.

"끄…… 끄아아아! 내, 내 몸이…… 내 몸이 불타고 있어!"

"이 미친!"

금세 재가 되어버리는 베킴의 신형에 버킴이 다급히 대거를 내질렀다.

[광소의 암살자 버킴이 이클립스를 시전했습니다.]

[지정된 대상에게 무형의 칼날을 선사합니다.]

마치 빛에 가려진 것처럼 투명한 대거들이 연거푸 쇄도한다. 이클립스만 해도 흑창대원 쯤은 간단히 절명시킬 정도의 위력이었지만 버킴은 거기서 그치지 않고 대거를 속사포처럼 던졌다. 아니, 던지려 했다.

덥석!

놈의 손길에 붙잡히지만 않았으면 말이다.

"우우우욱! 우욱!"

"……"

"우우욱-!"

발버둥 치던 버킴의 안면이 갈수록 함몰되기 시작했다.

우드득! 우득!

서서히 비명이 줄어들더니 이내 신형이 축 늘어졌다.

단숨에 필드 전체가 고요해지는 순간이었다.

그리고.

저벅저벅!

마침내 흑갑주가 새로운 먹잇감을 찾아 천천히 전진해 오기 시작했다.

"……바발트. 부대를 이끌고 중앙 다리로 이동해."

"케, 케트라님. 저놈이 달려옵니다!"

"얼른 막으라고!"

맨 좌측 다리로 진입하고 있던 바발트가 방패병들을 이끌고 방향을 틀었다.

샤들리 가문의 기둥이라고 할 수 있는 물의 수호자 부대. 특히 부대장인 바발트는 A급에 달하는 방패병이었지만 충돌이 벌어지는 순간 무언가 잘못되었다는 것을 직감했다.

콰앙!

부서진다.

샤들리의 영광을 드높이던 표식도, 엄청난 내구력을 자랑하는 병사들의 레어급 방패도.

콰지직!

놈 앞에선 모조리 부서져 나가고 있었다.

뒤늦게 후방에 있던 궁병들이 화살을 쏘아 보냈지만 무용지물일 뿐.

[광기의 인장이 발동됩니다.]
[모든 육체적인 능력치가 일시적으로 대폭 상승합니다.]

오히려 흑갑주는 입에서 시꺼먼 연기를 뿜어내며 물의 수호자들을 뚫고 가기 시작했다.

그리고 중앙 다리 전체로 검은 불꽃이 작렬하는 순간.

"크아아악!"

광란의 전장이 펼쳐졌다.

콰직!

뭉개고.

콰앙!

부수며.

화르르륵!

존재 자체를 불태우는 광기의 악마가 전장에 강림해 있었다.

단숨에 잿더미가 되어버린 부대원들의 사체.

지옥도를 방불케 하는 광경에 바발트는 넋이 나간 자처럼 제자리에 굳어만 있었다.

하지만 그것도 잠시.

슥!

미처 눈으로 좇지 못할 속도로 파고든 흑갑주의 신형에 번뜩 정신이 차려졌다.

'아, 안 돼. 어떻게든……'

막아야 된다는 생각이 뇌리를 스쳐 지나갔지만 이미 놈의 주먹엔 가늠할 수 없는 마력과 기력이 뭉쳐 있었다.

[파이렛 1식이 발동됩니다.]

[필리모터 효과가 발동됩니다.]

[불사자 세트의 효과가 발동됩니다.]

[관통 효과가 두 배로 상승합니다.]

일직선으로 쏘아지는 거대한 빛의 줄기.

일찍이 케트라의 보고를 통해 전해 들었던 용찬의 기술이었지만 위력 자체가 달랐다.

결국 정면에서 막는 것을 무리라고 생각한 바발트가 급히 방패를 틀었지만 그것을 가만히 놔둘 흑갑주가 아니었다.

[인페르날이 발동되고 있습니다.]

[마그나카르타가 공명하기 시작합니다.]

마치 종말을 알려오듯 흑갑주 주위로 강렬한 열기가 몰려온다. 이젠 갑옷의 색깔마저 붉게 물들어가는 가운데 양손 위로 작은 불씨가 만들어졌다.

서서히 검게 물들어가는 불꽃들.

위험을 직감한 샤들리 가문의 암살자들이 잽싸게 달려들었지만 그 순간 품속으로 파고든 암살자들의 신형이 녹아내리기 시작했다.

그리고.

콰아아아앙!

멸망을 부르는 흑염(黑炎)이 다리 입구에 작렬하고 있었다.

실로 오랜만에 느껴보는 기분이다. 딱히 동료들과 호흡을 맞출 필요도 없이 있는 힘껏 전진한다. 거우 그것뿐이었다.

[폭주 모드 제한 게이지가 절반 소모되었습니다.]

정신을 차렸을 땐 이미 인페르날이 다리 입구를 강타하고 있었다.

물론 이성을 되찾았다고 해서 폭주 모드가 취소된 것은 아니었다. 오히려 광기에 취한 미소로 병사들을 보호해 준 마족을 바라볼 뿐.

"설마 네가 헨드릭 프로이스일 줄이야. 대체 어떻게 된 거지. 밸런스 조절을 통해 무슨 힘을 손에 넣은 거냐"

마치 파도처럼 허공에서 푸른 물결들이 춤을 춘다. 파이렛 1식과 동시에 인페르날까지 막아낸 것인지 로저스가 물의 속성력을 다루며 모습을 드러냈다.

간신히 그의 보호 아래 살아남은 샤들리 병사들은 안도의 한숨을 내쉬었지만, 정작 공격을 막아낸 로저스는 심각하기만

했다.

"혼자서 물의 수호대를 돌파한 것도 모자라 이젠 불의 속성력까지…… 아니, 검은 불꽃이니 좀 다르다고 해야 하나."

"……."

"대답해라. 헨드릭. 대체 어떤 수를 쓴……."

"그게 뭐가 중요하지?"

"뭐?"

놈은 모를 수밖에 없다.

뜻하지 않게 소환되어 살아남기 위해 포식을 택한 남자를, 세상의 끝에서 절망을 느꼈던 남자를.

그리고.

"그만 입 다물고 덤벼라."

최정상에 올라섰던 광악이란 플레이어를 모를 수밖에 없었다.

또다시 요동치는 심장, 오직 눈앞에 보이는 것은 새로운 먹잇감뿐이었다.

"하. 펠드릭도 아닌 네가 감히 불의 속성력으로 나를 대적하겠다고?"

푸쉬이이익-!

"건방 떨지 마라. 지금 내 앞에 있는 바발트도 A급에 달하는 정예 병사다. 한 번 놈을 당황시켰다고 해서, 샤들리 가문이 겨우 이 정도인 줄 알았나?"

제대로 자세를 잡은 바발트가 방패를 움켜쥔다.

마치 철옹성처럼 굳건한 의지 속에서 기력이 담긴 거대한 벽이 세워졌다. 그리고 대기 중이던 수천 명의 B급 병사들이 중앙 다리로 합류하자 이변이 일어났다.

[샤들리 가문의 병사들이 흑마도를 시전했습니다.]
[일정 시간 동안 생명력을 소모해 육체적인 능력치를 두 배로 증폭시킵니다.]

서서히 흑마력에 감싸져 덩치가 불어나는 마족들.

아마 한성이 언급했던 병사 강화 계획이 흑마도였을 것이다.

하지만 그럼에도 용찬은 물러서지 않았다. 오히려 불사자 갑옷에서 뿜어져 나오는 흑색 연기 속에서 주먹을 내질렀다.

[타이탄 어택을 시전했습니다.]

콰아아앙!

거인의 공격이라고 지어진 A급 스킬이 커다란 벽에 부딪히자 중앙 다리가 부산하게 흔들려 왔다.

버틴다.

충격에 다소 얼굴이 일그러지긴 했지만 A급 방패병답게 위력을 버텨내고 있었다.

하지만 단지 그것뿐.

콰지지지직!

미친 듯이 두들기고 두들기면 어떤 단단한 벽도 금세 허물어 버릴 수 있었다. 그리고 그 증거로 바발트의 스킬인 벽에 점점 금이 가고 있었다.

"적당히 해!"

두 개의 장창을 양손에 쥔 은발의 마족이 배후를 노리고 파고든다. 일전에 한성에게서 들었던 샤들리 가문의 B급 최상위 용병 중 한 명인 페가노트다.

명성 그대로 진홍색 창에서 대량의 기력을 지닌 늑대의 형상이 튀어나와 목덜미를 향해 달려들었지만 이미 용찬의 마그나카르타는 대지를 향해 흑염을 쏟아내고 있었다.

"방해하지 마라."

"컥!"

거친 손길에 뿌리째 잡힌 창대.

페가노트의 턱을 으깨고 복부를 걷어차자 우월한 민첩 능력치도 제 힘을 발휘하지 못했다. 결국 제대로 된 반격이라곤 남은 장창으로 하체를 공격하는 것뿐.

물론 그런 뻔한 패턴에 당해줄 용찬이 아니었다.

퍼석!

능수능란한 기술을 가능케 했던 금색 창이 자루째 부서진다.

"내 파그사가 부서…… 쿠웁!"

당황하는 놈의 안면을 붙잡아 적절히 바닥에 메다꽂자 듣기 좋은 비명이 울려 퍼졌다.

불타오른다.

강렬한 흑염이 마족의 육신조차 태워 버리고 있었다.

"끄아! 끄아아아악!"

"좀 더 고통스러워해라."

"끄아아아아악!"

"좀 더 절망을 느껴."

"끄으으……"

털썩!

"그래. 그렇게."

더 이상 비명을 내지를 힘조차 남아 있지 않던 것일까.

한참 발버둥 치던 놈의 육신이 미동도 없이 축 늘어졌다.

단신으로 B급 상위 창기사까지 제압해 버린 순간. 기력으로 거대한 벽을 유지하고 있던 바발트가 까맣게 타버린 페가노트의 시체를 보며 식은땀을 흘렸다.

'아냐. 이놈은 헨드릭 프로이스가 아냐. 그럴 리 없어.'

화르르륵!

'……괴물, 괴물이야.'

파르르 떨리는 눈동자 속으로 검은 불길에 둘러싸인 악마가 보였다.

가히 마족조차 두려움에 떨게 만드는, 진정한 공포.

그런 놈이 이젠 광기에 미친 웃음을 자아내기 시작했다.

[마그나카르타 효과가 발동됩니다.]

[뇌전의 기운이 발동됩니다.]

[패악의 권이 발동됩니다.]

칠흑 같은 어둠 속에서 강렬한 불길을, 강렬한 불길 속에서 푸른 뇌전을.

자유자재로 속성력을 구사하는 가운데 마그나카르타 위로 날카로운 칼날들이 형성됐다.

"뭣들 하는 거야. 어서 죽여!"

그리고 몰려드는 흑마도의 샤들리 병사들.

창병, 궁병, 기사, 전사, 도적 등 직업 논할 것 없이 백여 년간 가문을 수호한 마족들이 개미 떼 같이 달려들고 있었지만 용찬이 거쳐온 수라의 길은 겨우 이 정도 수준이 아니었다.

더군다나 가장 중요한 것은 현재 육신은 헨드릭이라는 것.

콰지지직!

친화력에 특화된 그의 재능이 세 가지 속성력 속에서 더욱 빛을 발하고 있었다.

"조심해. 너클에 칼날이…… 컥!"

"꺼, 꺼지지 않아. 누가 내 몸에 불길 좀 꺼줘!"

"뇌전에 감전되면 안 돼. 모두 좌우로 퍼져서 달려들어!"

과연 지금의 용찬을 서열 40위대 마왕이라고 볼 수나 있을까.

홀로 중앙 다리 위에서 학살을 펼치는 광경은 보면 볼수록 비현실처럼 다가왔다.

결국 보다 못한 케트라가 다른 다리로 진입하던 부대를 불러내 중앙 다리로 합류시켰지만 용찬의 광기는 멈추지 않았다.

촤라락!

단숨에 온몸을 포박하는 마력의 쇠사슬.

마침내 광악의 폭주가 잠시 멈췄지만 투구 속 붉은 안광만큼은 여전히 위협적이었다.

[물의 추적대장 테온]

[등급:A]

[상태:적의, 흑마도]

'아, 저 녀석인가.'

언제 다리를 넘어온 것인지 적발의 청년이 기둥 위에서 쇠사슬을 움켜쥐고 있었다.

"어이가 없네. 40위대 마왕 때문에 중앙 다리로 넘어오게 될 줄이야."

"……."

"움직일 생각하지 마. 내 쇠사슬은 페가노트의 창처럼 쉽게 부서지지 않으니까. 게다가 지속계 제압 효과까지 적용되고 있으니까……."

두근!

'이것으로 A급 병사가 두 마리.'

어찌 이리도 즐거워진단 말인가.

테온의 말대로 쇠사슬엔 강력한 마력과 함께 물의 속성력까지 더해져 쉽사리 풀 수 없는 제압 효과가 적용되고 있었다.

그럼에도 웃음이 멈추질 않았다.

놈은 비웃음당했다고 여긴 것인지 와락 인상을 구겼지만 도저히 웃지 않고서는 참을 수 없었다.

"뭐야. 정말 미치기라도 한 거야? 지금 이 상황이 웃……."

[무력 시위가 발동됩니다.]

[현재 힘 능력치만큼 등급이 측정됩니다.]

[결과 등급:S]

[결과 등급보다 낮은 상태 이상 효과를 모조리 파쇄합니다.]

파각!

무려 5년 동안의 전쟁을 위해 온갖 스킬과 특성을 배워왔다. 한데, 이깟 쇠사슬이 자신을 막을 수 있나 있을까.

"웃기지 마라."

"끅!"

끊어지던 나머지 쇠사슬을 붙잡자 자연스레 테온의 신형이 이끌려 왔다. 놈은 다급히 손에 쥐고 있던 쇠사슬을 놓으려 했지만 회피할 시간조차 없이 머리 위로 라이트닝 볼텍스가 작렬했다.

차라라락!

현란한 손놀림 속에서 온몸을 감싸는 새로운 쇠사슬.

간신히 벼락의 위력을 막아낸 테온이었지만 후속타는 그러지 못했다.

[파이렛 2식이 시전됩니다.]

상단에서 하단으로 그리고 중단에서 상단으로.

연거푸 쏟아지는 주먹세례 속에서 마치 기관차처럼 증기가 뿜어져 나왔다.

"크윽. 이 자식이 진짜 끝까지!"

결국 버티는 도중 한계라고 느낀 것인지 놈이 양손에서 쇠사슬을 던지며 사방을 거미줄처럼 진을 형성해 냈다.

마치 먹잇감을 포위하는 그물처럼 천천히 조여오는 쇠사슬.

하지만 안타깝게도 먹잇감은 용찬이 아니었다.

"모조리 씹어 먹어주마."

오히려 그들의 눈앞에서 사냥꾼이 눈을 번뜩이고 있었으니까.

콰앙! 쾅!

필드 전체를 찌렁찌렁 울리는 충격파.

이젠 중앙 다리에서 테온과 바발트 둘을 상대로 교전을 벌이고 있는 용찬이었다.

'아니, 오히려 몰아붙이고 있다고 해야 하나.'

가문전이 시작되기 전에는 예상도 못 했던 일이다.

고작해 봐야 샤들리 가문의 병사들을 상대하는 것이 한계일 줄 알았건만 오히려 주요 용병들까지 몰아붙이며 진정한 광기를 드러내고 있었다.

"정녕 저분이 마왕님이 맞는 것인가."

"……믿기질 않는군. A급으로 밸런스가 조정된다고 듣긴 들었지만 이 정도일 줄은 몰랐네."

"단순히 조정된 힘에 취한 게 아냐. 오히려 기술들을 능숙히 사용까지 하고 있어."

좌우 다리를 맡고 있던 부대장들조차 경악하고 있었다.

가문 내에서 무력으로 일인자에 꼽히는 기슈마저 심히 당황하고 있지 않은가.

점점 홍염의 패자인 펠드릭과 비교까지 되는 가운데 입을 떡 벌리고 있던 렐슨이 가장 먼저 정신을 차렸다.

"이, 이럴 때가 아닙니다. 이 기회를 이용하지 못하면 자연스레 가문전은 장기전이 되고 말 겁니다."

"그렇지. 좌우 다리의 병력이 줄어든 지금이 기회야!"

대부분 불의 기사단장 다가즈가 위치한 중앙 다리로 몰려들고 있었지만 용찬 때문에 마력 차단을 풀어내지 못하고 있었다.

수 속성력에 뛰어난 마법사들이 계속 활동하지 못한다면 오히려 화력은 프로이스 가문이 압도적일 터.

판단이 서자 부대장들은 즉시 흑창대와 불의 추적대를 좌측 다리로.

그리고 귀병대와 마병대를 우측 다리로 빠르게 전진시키며 승부수를 던졌다.

"마왕님께서 만들어주신 이 기회를 놓치지 마라!"

"샤틀리 가문에게……."

부우우우우!

불현듯 전장에 울려 퍼지는 뿔피리 소리. 중앙 다리 입구에서 대기하고 있던 켄이 바분의 뿔피리를 불기 시작하자 단숨에 프로이스 가문의 사기가 증폭됐다.

"키에에엑! 불한당 부대. 돌격!"

"우리도 가만히 있을 수 없지. 한조 부대. 출동이닷!"

-부대, 라이언! 한다, 돌진!

용찬의 독주에 가만히 있을 수 없던 것일까.

켄이 불러일으킨 신호에 바쿤의 병사들이 단체로 움직이기 시작했다.

서서히 프로이스 가문의 부대를 따라 좌우 다리로 진격하는 바쿤의 부대들.

그제야 상황을 파악한 케트라가 다시금 병력을 분산시키려 했지만 아직도 용찬의 폭주가 멈추질 않고 있었다.

결국 희망을 걸어볼 만한 것은 카롯의 로저스뿐.

마침 그도 코너에 몰리기 시작한 바발트와 테온을 보며 위기를 직감한 것일까.

-헨드릭 프로이스는 내가 맡겠다. 얼른 다른 부대들을 좌우 다리로 합류시켜라.

카롯의 병사들을 케트라에게 맡기고 홀로 중앙 다리로 향했다.

하지만 그 순간.

-지금 나보고 이걸 가만히 바라만 보고 있으란 건가.

다리 아래에 위치한 탑에서부터 갑자기 물기둥이 솟구쳤다.

점점 얼굴의 형태를 띠기 시작하는 푸른 물결들.

-지금 저게 밸런스가 조정된 힘이라고? 웃기지 마라.

어느새 오롯한 물의 형상을 만들어낸 로이스가 커다란 손을 치켜들며 용찬을 가리켰다.

"……로이스 샤들리."

"가주님?"

-난 이런 가문전 인정하지 못한다. 아니, 용납할 수 없어!

사실상 광악 시절의 힘이 되돌아온 것은 마계 위원회도 감쪽같이 모르고 있는 사실이었다.

단순히 탑 안에 있던 균형의 서가 자연스레 반응해 발동된 것일 뿐.

하지만 그런 사실을 모르는 로이스 입장에선 지금 용찬의 힘은 균형 자체를 깨부수는 수준으로밖에 보이지 않았다.

-밸런스가 조정된 놈에게 저런 힘이 있을 리 없어. 분명 조정 도중 문제가 생긴 것이야. 그렇지 않고서야…….

"방해하지 마라."

-뭣?

광폭하게 날뛰던 용찬의 붉은 안광이 거대해진 로이스를 향한다.

이젠 가주에게까지 도전적인 태도를 보이는 마왕.

뒤늦게 반대편 탑에 있던 펠드릭이 나서려고 했지만 그에 앞서 중앙 다리로 거대한 어둠이 몰려왔다.

[어둠의 정령 체셔의 등급이 상승합니다.]

폭주하기 시작하면서 잊고 있던 단 한 마리의 정령.

장비가 교체되면서 그저 주인의 부름을 기다리고만 있었지만 끊임없이 증폭되던 어둠의 속성력이 마침내 체셔를 불러내고야 말았다.

그리고.

[어둠의 폭군 체셔]

[등급:A]

[상태:광기, 분노, 진화]

칠흑 같은 어둠 속에서 거대한 눈동자가 로이스를 내려다보기 시작했다.

◀ 54장 ▶
프로이스 가문

정령은 단순히 속성력이 높다고 해서 계약할 수 있는 존재가 아니다.

물론 소환을 유지하기 위한 마력과 속성력을 필요로 하지만 가장 중요한 것은 친화력이다. 그리고 친화력을 올리기 위해선 본인의 재능과 환경이 가장 필수적일 터.

때문에 주로 숲에 서식하는 엘프들이 마법과 정령술에 특화되어 있었지만, 스킬과 특성이란 수단을 통해 정령술을 배우는 플레이어들 또한 존재했다.

척박한 절망의 대지의 마족들과는 정반대였다.

다만 마족 중에서 유일하게 샤들리 가문의 로이스가 물의 정령과 계약을 해내는 데 성공했지만, 안타깝게도 A급에 미치지 못하는 중급 정령에 불과했다.

한데.

-주인님이 명하신다. 방해하지 마라.

어찌 된 것인지 가문전 필드로 상급 정령이 소환되어 있었다.

'이, 이게 어찌 된 일이란 말인가. 상급 정령이라니. 나로서도 계약하지 못한 정령을 저런 애송이 놈이 소환했다고?'

'위험해. 당장 저놈도 미쳐 날뛰고 있는데 저 정령까지 날뛰기 시작한다면 골치 아파질 거야.'

'어둠의 정령? 헨드릭이 어둠의 정령을 다룬다고?'

로이스는 정령화한 자신보다 두 배는 큰 덩치의 체셔를 올려다보며 경악하고 있었고, 로저스 또한 체셔의 위압감에 식은 땀을 흘리고 있었다.

직접 나서려고 준비하던 펠드릭조차 정령의 등장에 당황하는 상황.

마치 거대한 괴수를 연상케 하는 상급 어둠의 정령은 실로 위험한 존재나 다름없었다.

물론.

-주인님, 명령만 내려주십시오.

"방해된다. 너도 꺼져라."

-…….

용찬은 뜬금없이 소환된 체셔의 모습에 흥이 깨진 기분이었다.

결국 가문전은 로이스의 난입으로 인해 일시중지되었고 얼마 되지 않아 위원들이 찾아오게 됐다.

"그래서 저희 균형의 서에 무슨 문제가 있다는 말씀이십니까?"

"무슨 문제가 아니지. 정확히는 밸런스 조정이다. 램버스, 자네가 볼 때 지금 저놈의 힘이 정상이라고 보는 건가. 세 가지 속성력을 다루는 것은 물론 상급 정령까지 소환해 내고. 거기다가 부대장 두 명을 동시에 상대한다. 단순히 A급 힘이 주어졌다고 해서 가능할 일이 아니지 않은가!"

찾아온 마계 위원회 일원은 램버스와 중립파에 속한 위원 두 명이었다.

문제로 지적당한 것은 당연히 균형의 서였는데 로이스는 용찬이 선보인 능력들을 조목조목 따지며 밸런스 조정이 잘못되었다고 항의를 해왔다.

거기서 반박하기 시작한 것은 역시나 펠드릭이었고 가문전을 맡은 램버스의 의견 또한 일치했다.

"공정한 룰을 위해 흑단 분들께서 직접 제작하신 균형의 서입니다. 발동되던 당시 제가 곁에 있었고 아무런 문제가 없다고 직접 상부에서 통신까지 들었습니다. 근데 여기서 흑단 분들의 능력을 의심하는 것이십니까?"

"그런 이야기가 아니지 않나."

"균형의 서는 순전히 상대와의 격차를 줄이기 위해 발동자의 수준을 일정 시간 동안 끌어올리는 효과입니다. 즉, 헨드릭 프로이스 님께선 로저스 샤들리 님을 상대하기 위한 힘을 손에 넣으신 상태죠. 그런 능력들을 제어하시는 것은 순전히 헨드릭 프로이스 님의 역량이라고 보시면 될 겁니다."

바쿤의 병사들도 마찬가지일 터.

비록 바쿤의 병사들과 달리 장비와 기술들도 새로 부여되어 있긴 했지만, 그것은 순전히 로저스와의 격차를 줄이기 위한 수단에 불과했다. 즉, 그런 능력들이 일시적으로 주어졌다고 해도 발동자가 제어하지 못하면 말짱 꽝이란 것이다.

그제야 로이스의 말문이 막히기 시작했고 가문 내에서 모종의 관계를 가지고 있는 흑단까지 언급되자 반박조차 힘들어지고 있었다.

하지만 그것도 잠시.

"그렇게도 마음에 드시지 않는다면 이렇게 하도록 하죠."

균형의 서의 발동자인 용찬이 직접 걸어오자 모두의 시선이 그에게로 쏠렸다.

펠드릭은 갑자기 대화에 난입한 용찬의 모습에 와락 인상이 구겨졌지만, 정작 용찬은 신경도 쓰지 않고 착용하고 있던 장비들을 모두 교체했다.

"무슨 뜻이냐, 헨드릭."

"가문전에서 부여된 장비와 새로운 기술들은 일절 쓰지 않도록 하겠습니다. 오로지 바쿤의 병사들처럼 상승한 능력치와 숙련도만으로 싸우도록 하죠. 대신……."

"대신?"

장비를 모두 교체했음에도 불구하고 요동치는 광기. 살기 담긴 눈동자를 직접 마주한 로이스의 인상이 점점 굳어갔다.

"가문전의 승리 대가를 조금 더 늘려주었으면 합니다."

"드디어 정신이 나가기라도 한 거냐. 네놈이 그런 상태로 샤들리 가문을 이길 수 있다고?"

"전 샤들리 가주님께서 원하시는 대로 조건을 걸었을 뿐입니다. 그러니 조건에 걸맞은 대가도 필요한 것 아니겠습니까?"

"……대체 어디까지 샤들리 가문을 얕잡아보는 것이냐."

"승낙하시겠습니까? 아니면 이대로 계속 가문전을 속행하시겠습니까? 선택하시죠."

전대 서열 2위 마왕을 눈앞에 두고도 두려워하는 기색 따윈 찾아볼 수 없었다. 오히려 망설이지 않고 조건까지 내미는 당당한 태도.

하지만 펠드릭으로선 자기 스스로 페널티를 주려 하는 용찬의 모습이 영 석연치 않았다.

게다가 방금 전 선보인 광기의 전투 장면들까지.

'처음 부여받은 능력인 것치곤 너무도 자연스럽게 구사했었지. 아무리 많은 변화를 거쳤다고 하지만 그런 압도적인 실력은 쉽게 가질 수 없을 텐데. 대체 무엇을 숨기고 있는 거냐, 헨드릭.'

무언가 비밀을 숨기고 있지 않을까 의심까지 들 정도였다. 다만, 안타깝게도 당장 밝혀낼 수 있는 것은 없었고 아직까진 그럴 의도조차 없었다.

"장비는 그렇다 치고 새로 부여된 기술들은 어떻게 증명할 거지? 우린 네놈이 어떤 기술들을 부여받았는지조차 알지 못하는 상태인데 말이지."

"간단합니다. 이럴 때를 위해 계약서가 필요한 것이겠죠."

용찬이 품속에서 계약서를 꺼내 펼치자 이번에는 램버스가 민감히 반응했다.

"이미 정해진 가문전 규칙에 계약서로 룰을 추가하시겠단 말씀이십니까?"

"상대가 공정한 룰을 바란다면 나로서도 공정함을 증명할 수단을 내밀 수밖에. 그렇지 않습니까, 로이스 가주님?"

"……좋다, 받아들이지."

마력으로 묶이는 하멜의 계약서는 마계에서도 곧잘 사용된다. 명시된 조건을 어길 시 계약의 신 모르피나의 화를 산다는 것을 마족들도 모르지 않기 때문이다.

그렇게 로이스가 가장 먼저 깃펜을 꺼내 들자 램버스가 잠시 수정구를 이용해 어딘가와 통신을 연결했다.

아마 마계 위원회의 간부들이리라.

그사이, 펠드릭은 탑에서 약간 떨어진 곳까지 용찬을 데려와 의도를 묻기 시작했다.

"잠자코 있으면 알아서 재개될 가문전인데 무엇이 그리 불만이어서 조건까지 내건 것이냐. 이대로 가면 샤틀리 가문을 완벽히 짓뭉갤 수도 있었을 텐데."

"잊으셨나 보군요. 가문전은 제가 이기는 게 아니라 프로이스 가문이 이겨야 합니다."

"……."

"바쿤도 마찬가지일 테고 말입니다. 그리고 가장 중요한 것은 새로 부여된 장비와 기술들이 없어도 충분히 상대가 가능하다는 것이겠죠."

오만한 것일까. 아니면 자신감일까.

'아니지. 그런 게 문제가 아니야. 이놈은 가문전 자체의 의미를 잊지 않고 있는 것뿐. 어쩌면 처음부터 이런 상황을 예상한 것일지도 모르겠군.'

용찬의 말대로 가문전의 큰 의미는 가문이 가문을 상대한다는 것이다. 단 한 명의 활약으로 승리를 거둘 수 있다면 그보다 더 좋은 결과가 없을 테지만 지금 용찬은 프로이스 가문을 이끌고 샤들리 가문을 상대하려 했다.

'로이스의 개입까지 예상하고 힘을 선보여 추가 룰까지 끌어
냈다라. 만약 계약까지 전부 의도된 것이었다면 내가 한 방 먹
은 격이겠어.'

그제야 펠드릭은 쓴웃음을 흘리며 인정하고야 말았다.

순전히 용찬의 활약 덕분에 가문이 편하게 승리를 거둔다
면 무슨 의미가 있겠는가.

"한번 믿어보겠다. 헨드릭."

"예."

그 대답을 끝으로 펠드릭은 먼저 자리로 돌아갔다.

홀로 남겨진 용찬은 잠시 그의 뒷모습을 바라보다 이내 어
깨를 풀었다.

'조금 더 스트레스를 풀 수 있었는데. 약간 아쉽군.'

폭주는 단지 스트레스를 푸는 용도에 불과했다.

[가문전에 추가 룰이 부여됩니다.]

[가문전이 재개됩니다.]

다행히 마계 위원회는 용찬이 내건 조건을 수용했다.

따로 로이스와 계약서까지 작성했기 때문에 샤들리 가문도 더 이상의 불만은 없을 것이다.

이제 남은 것은 프로이스 가문을 이끌고 반대편 마왕성을 함락시키는 것뿐.

철컥! 철컥! 철컥! 철컥!

마침내 네 명의 부대장이 눈앞에서 한쪽 무릎을 꿇었다.

처음 때와는 전혀 달라진 충성스러운 태도였다.

"마왕님, 저희가 경솔했습니다. 부디 저희의 죄를 뉘우칠 기회를 주십시오."

"마왕님!"

"마왕님!"

마계는 언제나 강자를 따르게 마련이다. 지금도 기슈가 이전과 다른 호칭으로 용찬을 부르며 용서를 구하지 않는가.

이젠 가문의 병사들조차 용찬을 약자로 내려다보지 않고 오히려 존경심이 담긴 눈빛으로 쳐다보고 있었다.

'이 모든 군세가 앞으로 네가 이끌어야 할 가문의 병사들이다.'

'……'

'감당할 수 있겠느냐, 헨드릭.'

'물론입니다.'

문득 펠드릭과의 대화가 떠올랐다. 앞으로 프로이스 가문의 군세가 모두 자신의 것이 될 터.

[프로이스 가문 병사들의 존경심이 급속도로 상승합니다.]
[프로이스 가문 병사들의 충성심이 급속도로 상승합니다.]
[프로이스 가문 병사들의 사기가 하늘을 찌르고 있습니다.]

서서히 병사들의 사기가 치솟는 가운데 마침내 용찬이 켄에게 손짓했다.

"곧 전투에 돌입한다. 뿔피리를 꺼내라."

"키에엑, 알겠습니다!"

"다가즈, 넌 다시 불의 기사단을 이끌고 중앙 다리로 집결해라."

"예, 철저히 다리를 사수……."

"아니, 이번에는 대기하지 않고 먼저 친다."

케트라의 숙련된 이동 마법들을 모를 리 없는 용찬이었다. 한데도 다리 사수를 포기한다는 것은 역으로 부대를 이끌고 적진으로 향한다는 뜻이었다. 때문에 다가즈의 눈빛에 의문이 서렸지만 그 순간 추가적인 지시가 떨어졌다.

"기슈, 흑창대를 이끌고 중앙 다리의 선봉에 서라."

"알겠습니다, 마왕님."

"렐슨, 불의 추적대를 이끌고 왼쪽 다리를 맡아라."

"예, 마왕님."

"고우트, 마병대를 이끌고 오른쪽 다리를 맡아라."

"예, 맡겨만 주십시오!"

"그리고 레밍."

"예!"

품속에서 갑주 형태의 건틀렛을 꺼낸 용찬이 자리에서 일어 났다. 그에 맞춰 바쿤의 병사들도 천천히 앞으로 전진했지만 아직까지 레밍은 다음 말만 기다리고 있었다.

그리고.

"귀병대와 함께 마왕성을 사수해라."

"예! 아니, 예?"

"마, 마왕님?"

예상도 못 한 지시에 다가즈와 레밍이 동시에 경악을 내질 렀다.

하지만 의문을 해결할 시간도 없이 가문전의 대기 시간이 전 부 소모되었고, 뒤늦게 켄이 들고 있던 바분의 뿔피리를 불었다.

부우우우우-!

가문전 재개였다.

귓병대. 주로 암살 및 은신에 특화된 도적 클래스의 부대이 며 화염의 속성력까지 내지하고 있어 순간적인 화력은 흑창대 를 뛰어넘는다. 특히나 부대장인 레밍은 샤들리 가문의 테온과 견주어도 전혀 흠이 없는 실력을 가지고 있었고, 용찬도 그런 사실을 일찍이 들어서 귀병대의 화력을 모를 리 없었다.

한데, 다리 사수는커녕 마왕성 사수라니.

레밍은 물론 그와 함께 활동을 꽤나 펼쳐왔던 다가즈조차 당황스럽기 그지없었다.

"대체 이 지시를 어떻게 받아들여야 할지⋯⋯."

"이해가 안 되는 것은 나도 마찬가지일세. 하지만 이미 가문전은 재개되었고. 일단 마왕님의 지시를 따를 수밖에 없을 테지. 마왕성을 부탁하네, 레밍."

후위를 맡게 된 다가즈는 그대로 불의 기사단을 이끌고 바쿤 병사들의 뒤를 따랐다. 마력 봉쇄를 시전하지 않고 부대 지원을 택한 만큼 케트라의 이동 마법도 자유로워질 것이다. 결국 이동된 샤들리 가문의 병사들을 막는 것은 귀병대의 몫.

'어쩌면 마왕님께서 승부수를 건 것일지도 모르겠군. 귀병대를 희생시켜 카롯을 공략한다는 그런 승부수. 과연 뜻대로 될지 모르겠지만 우선 따르는 수밖에 없겠지.'

레밍은 약간 실망스러운 눈길로 중앙 다리를 쳐다보다 이내 등을 돌렸다.

백여 년간 가문에 충성을 다해온 부대조차 희생양으로 사용하는 정식 후계자.

거부감이 있을 수밖에 없지만 지금은 가문전에서 승리하는 것이 가장 중요할 것이다.

'그래. 가문전에서 승리할 수만 있다면야.'

[흑창대장 기슈가 파괴의 창격을 시전 했습니다.]

예상대로 흑창대의 기세는 매우 압도적이었다. 겨우 백여 명에 지나지 않는 소규모 부대임에도 불구하고 확실히 기선 제압에 성공한 상황.

덕분에 몇 분도 지나지 않아 중앙 다리의 절반을 건너왔지만 아직 여기서 끝이 아니었다.

"마왕님, 마법들입니다!"

마치 밤하늘을 가득 메우는 별처럼 하늘을 무수히 뒤덮는 마법들. 금방이라도 부대를 쓸어버릴 만한 B등급 이상의 마력들에 다가즈가 급히 대처하려 했지만 그보다 용찬의 지시가 먼저였다.

"록시, 마력 제어는?"

"아직 약간 불안정하긴 하지만 어떻게든 가능할 것 같습니다."

"좋아. 곧바로 안티 베리어를 시전해."

"알겠습니다."

바쿤의 병사들은 전부 밸런스 조정으로 A급에 달하는 힘을 얻었다.

마법사의 마력은 한계를 뛰어넘어 증폭되었을 것이며 전사들의 기력도 마찬가지로 급상승했을 것이다.

때문에 갑자기 늘어난 힘을 콘트롤하는 것이 가장 관건이기도 했지만 마력에 재능을 가진 록시라면 어느 정도는 감당해 낼 수 있었다.

[록시가 안티 베리어를 시전합니다.]
[일정 범위 내로 마법을 무효화시키는 방어막이 형성됩니다.]

불안정하지만 천천히 범위를 넓혀가는 안티 베리어. 그 위로 얼마 되지 않아 수속성 마법들이 덮쳐 왔지만 내구도는 충분했다.

"물의 기사단의 마법들을 이렇게 간단히 막아내다니!"

"다가즈, 반격을 준비해라."

"아, 알겠습니다!"

곧이어 불의 기사단들의 강력한 화염 마법들이 다리를 뒤덮었다. 비록 속성력의 상성 차이가 심해 금방 물의 속성력에 밀리기 시작했지만 쿨단이 앞으로 나서자 변화가 일었다.

[쿨단의 특성인 흡수력이 발동됩니다.]

[물의 기사단의 마법들을 흡수하기 시작합니다.]

제어할 수 없다면 차라리 한계까지 발동시키면 될 터.

숙련도가 일시적으로 대폭 상승하면서 등급이 오른 흡수력은 이제 A급의 기술들까지 모조리 흡수하며 엄청난 효과를 발휘하고 있었다.

그사이, 마병대는 굳건한 방어력을 자랑하며 오른쪽 다리를 사수하고 있었고 반대로 불의 추적대는 아슬아슬하게 간격을 유지하며 왼쪽 다리에서 교전을 벌였다.

지금부턴 순전히 시간 싸움일 것이다.

'제 흑마력을 통해 병사들을 강화시키면서 일시적으로 능력치가 두 배로 상승했지만 놈들도 흑마도를 계속해서 사용할 순 없을 겁니다.'

'어째서지?'

'치료술사의 힐로도 치유가 불가능한 순수한 생명력을 소모하기 때문이죠. 발동된 상태에서 시간을 끌면 끌수록 불리해지는 것은 샤들리 가문일 겁니다.'

샤들리 가문의 도구로 사용됐던 한성이었기에 누구보다 흑마도란 버프 스킬에 대해 잘 알고 있었다. 그중 가장 치명적인 단점은 순수한 생명력을 사용해 능력치를 강화한다는 것.

벌써 한 차례 흑마도를 사용했던 병사들은 가문전이 재개되면서 잠시 발동을 취소시킨 상태였지만 결국은 다시 사용할 수밖에 없는 운명이었다.

'차라리 도중 난입하지 않았더라면 그래도 흑마도를 이용해 프로이스 가문에 피해를 줬을 테지. 가문전 재개를 택한 것은 네놈의 가장 큰 실수일 거다, 로이스 샤들리.'

후위를 따르던 로드멜의 눈앞으로 수많은 상태창이 떠오른다.

"본격적으로 지원에 나서겠습니다. 마왕님!"

"페페펭. 나도 가만히 있을 수 없지. 우선 왼쪽 다리부터다. 로드멜!"

"알겠습니다!"

덩달아 A급으로 상승한 채널링은 시전자 홀로 감당할 수 없는 상태창들을 보여주고 있었다.

하지만 탐색자의 눈을 가진 위르겐이 보조를 하기 시작하자 금방 그 문제도 해결이 됐다.

그런 광경에 질 수 없다는 듯 흑창대의 뒤를 보조하는 불한당 부대.

"키에에엑, 힘이 넘쳐 흐른다!"

"키에엑, 앞으로 전진! 전진이다!"

비록 기체술의 효과를 완벽히 제어할 수는 없었지만 남다른 돌진력을 보이며 흑창대가 마무리하지 못한 병사들을 깔끔히 마무리시키고 있었다.

"더 이상 앞으로 지나가지 못한다."

"또 물의 수호대인가. 한조 부대."

"네엣! 모두 돌…… 아, 이게 아니지. 모두 사격 준비!"

드레이크 장궁을 둔기처럼 들고 있던 헥토르가 급히 자세를 바꾸었다.

가장 먼저 레이버스 장갑을 활용해 룬 화살을 속사포처럼 쏘아 보내는 헥토르.

이젠 숙련도가 향상되어 화력이 급상승한 룬 화살은 갖가지 랜덤 효과를 부여하며 샤들리의 방패병들을 혼란스럽게 만들었다. 그리고 뒤따라 한조 부대가 사격을 시작하자 물의 수호대가 더 이상 전진하지 못하고 자리를 고수하고 있었다.

"취이익. 수 속성 마법은 통하지 않는다. 뇌 속성 마법을 시전해!"

"취익, 제어가 너무 힘들다."

"취이이익, 그냥 정면을 향해 아무렇게나 시전해라."

지능이 그다지 높지 않던 오크 샤먼들이었지만 표적만큼은 확실히 알고 있었다. 일찍이 록시에게 교육받았던 실버 부대는 전격 마법을 위주로 시전하며 물의 수호대의 방어력을 깎아내렸다.

하지만 그것도 잠시.

치지지직!

한 마리가 방향을 잘못 설정한 것인지 체인 라이트닝이 흑창대를 향해 쏘아졌다.

[뇌전의 기운이 발동됩니다.]
[체인 라이트닝을 흡수했습니다.]

마치 제자리를 찾아가듯 궤도를 바꿔 용찬의 몸으로 흡수되는 체인 라이트닝. 다소 부족했던 뇌 속성력이 충전되자 용찬은 망설임 없이 라이트닝 볼텍스를 시전했다.

쾅! 쾅! 콰앙!

"아까와는 좀 다를 거다. 헨드릭 프로이스. 아무리 전격 마법을 시전한다 해도 내 방패를 뚫지는 못해."

페널티가 추가되었단 것을 인지한 바발트는 더 이상 두려워하지 않고 능숙히 기술들을 막아냈다.

아마 A급 방패병만의 보호 스킬을 시전할 것일 터.

용찬은 대지로 뻗어 오른 네 개의 마력 기둥을 올려다보며 입가를 말아 올렸다.

"실버 부대. 이제부터 전격 마법을 전부 나에게로 시전해라."

"취, 취이익. 하지만!"

"쓸데없는 걱정하지 말고 지시대로 움직여라."

"취익, 알겠습니다!"

그때부터 실버 부대의 모든 전격 마법이 용찬을 향하기 시작했다. 가끔씩 제어를 하지 못해 방향이 잘못되기도 했지만 뇌전의 기운은 거리가 먼 전격도 야금야금 흡수하고 있었다. 그리고 충분히 뇌 속성력이 채워지자 다시금 라이트닝 볼텍스가 연달아 작렬하고 있었다.

"내 권능이 뇌전의 권능이란 것을 잊진 않았겠지?"

"크윽, 하지만 어림없다!"

"그리고 지금은 나 혼자가 아니지."

말을 끝내기가 무섭게 라이언 부대의 투창이 이어졌다.

그 사이를 비집고 바발트에게로 달려드는 한 명의 다크 엘프.

[루시엔이 광폭을 시전했습니다.]

[루시엔의 신속화가 발동됐습니다.]

[루시엔이 신속 가르기를 시전했습니다.]

하물란 듀얼 레이저 소드가 빠른 속도로 쇄도하자 바발트의 눈이 휘둥그레졌다.

아마 바쿤의 병사들이 이렇게까지 선전할 줄은 예상도 못했을 터.

용찬은 댄싱 검술까지 활용해 놈을 몰아치는 루시엔을 보며 입가를 말아 올렸다.

'C급이었던 바쿤의 병사들이 단숨에 A급의 힘을 제어하는 것은 힘들 테지. 하지만 온갖 미션과 던전을 오가며 경험을 쌓아온 일부 병사들만큼은 예외야.'

갖가지 경험들이 뒷받침해 주는 지금의 바쿤은 최소 B급 이상의 능력을 발휘할 수 있었다.

그제야 바쿤 병사들도 무시 못 할 수준이란 것을 깨달은 바발트가 후위를 향해 무언의 지시를 보냈고, 얼마 되지 않아 흑마력에 의해 샤들리 병사들의 덩치가 불어나기 시작했다.

"무슨! 갑자기 기술들의 위력들이!"

"덩치도 갑자기 커졌잖아!"

"크윽. 또 무슨 술수를 부린 거지!"

용찬 홀로 중앙 다리를 맡고 있을 당시 좌우 다리로 격돌했던 프로이스 병사들은 흑마도를 가까이서 직접 확인하지 못했었다. 때문에 갑자기 대폭 상승한 샤들리 병사들의 무력에 당황스러울 수밖에 없을 터.

마침 선봉에 서 있던 기슈도 무언가 잘못됐단 것을 느낀 것인지 고민하는 기색을 갖추고 있었다.

"굳이 저놈들처럼 생명력을 걸 필요는 없지."

"……마왕님?"

"여기서 시간을 벌어라. 그거 하나면 된다."

직접 흑창대를 괴멸시키기도 했던 용찬이다.

기슈가 어떤 고민을 하고 있는지는 안 봐도 뻔했다.

'마창 소환. 하이 랭커들까지 위협했던 그 기술을 벌써부터 쓸 필요는 없지.'

정작 기슈는 뜻을 이해하지 못해 당황스러운 표정을 보이고 있었지만 회귀자인 용찬만큼은 대충 그의 속내를 꿰뚫고 있었다.

그리고 흑창대가 서서히 밀리기 시작하던 차, 다리 위로 솟아 있던 네 개의 기둥이 무너져 내렸다.

수차례 작렬한 라이트닝 볼텍스를 더 이상 견디지 못하고 마침내 내구도가 모두 소모된 것이다.

"체서."

-예, 주인님.

"……말투가 도저히 적응이 안 되는군. 우선 다크 윙을 시전해라."

-알겠습니다.

밸런스 조정으로 인해 말투까지 변한 체서였지만 명령만큼은 충실히 따르고 있었다.

펄럭!

정령의 기술들까지 숙련도가 상승한 것일까.

이전에 봤던 뾰족한 날개 대신 완전한 형태의 큰 날개가 용찬의 등 뒤로 펼쳐졌다.

[뇌안을 시전합니다.]

곧이어 뇌안까지 발동되자 금세 몸이 뇌전으로 물들어 적진 내로 이동됐다.

바쿤에서 한동안 다크 윙을 연습한 덕분에 능숙히 화살과 마법들을 피해내는 신형.

그리고 얼마 되지 않아 용찬의 눈앞으로 로저스가 나타났다.

"오래 기다렸나?"

"혼자서 여기까지 넘어올 줄이야. 카롯의 병사들까지 감당할 자신이 있다는 거냐."

"아니, 그 병사들을 감당하는 것은 내가 아니지. 그렇지 않나?"

이미 중앙 다리를 돌파하면서 사라진 카롯의 병사들쯤은 눈치채고 있었다.

일부 샤들리 가문의 부대도 아마 함께 마왕성에 들어가 있을 터.

뒤늦게 카롯 내부에서 뿜어져 나오는 마력의 빛무리가 그것을 증명해 냈다.

"귀병대를 희생양으로 삼은 것은 네놈의 가장 큰 실수일 거다."

"희생양으로 삼았다고? 아니지."

"뭐?"

파이오니아에서 강렬한 한기가 일렁거렸다. 용찬은 세 개의 다리를 넘어 단숨에 바쿤 앞으로 병사들을 이동시킨 케트라를 보며 입가를 말아 올렸다.

"난 그들에게 오히려 기회를 주었어."

"설마 바쿤의 특성을 우리가 모를……."

쿠우우웅!

필드 일부를 짓누르는 엄청난 중력의 힘.

단순히 바쿤의 특성을 탄력으로만 알고 있던 로저스는 당황하며 바닥에 깔린 병사들을 쳐다봤다.

그리고 오른손을 움켜쥐고 있던 용찬이 다시 한번 입을 열었다.

"귀병대를 위한 싱싱한 먹잇감들을 말이지."

어느새 바쿤을 사수하고 있던 귀병대가 하나둘씩 필드로 나서고 있었다.

바쿤의 특성은 40위였던 실비아와의 서열전에서 한 차례 밝혀진 적이 있다.

함정과 보호 수단에도 적용이 가능한 탄력의 특성.

그걸 염두에 두고 있던 케트라는 미리 플라이를 시전한 채 대규모 이동 마법을 사용했다.

한데.

쿠웅!

자신들을 짓누르는 이 중력의 힘은 대체 무엇이란 말인가.

'마, 말도 안 돼. 분명 바쿤의 특성은 탄력인 것으로 밝혀졌
었는데. 설마 다른 마법사가 대기하고 있던 거야?'

하지만 그 추측은 보기 좋게 무너졌다. 어떤 방식이든 중력
마법을 발동했다면 마력의 흔적이 남게 마련일 터.

한데, 정작 마력은 느껴지지 않고 오히려 바쿤을 사수하고
있던 귀병대가 쏜살같이 튀어나오고 있었다.

도리어 귀병대장인 레밍으로선 이동한 샤들리 병사들을 제
압할 절호의 기회인 셈.

'이걸 노리고 계셨던 거야. 그래서 귀병대를 바쿤에 대기시
켜 놓은 거였어!'

순간적인 화력 면에서 일등공신을 달리는 귀병대에게 이런
탐스러운 먹잇감은 또 없을 것이다. 더군다나 중력의 힘은 아
군에겐 전혀 영향을 미치지 않는 상황.

레밍은 가장 먼저 손에 쥐고 있던 대거들을 던져 치료술사
들을 무력화시켰다. 그리고 전력 질주 특성과 은신 스킬을 사
용해 적들의 사각으로 파고들었다.

티잉!

쾌속으로 휘둘러지는 검날.

금방이라도 케트라의 목을 꿰뚫을 기세던 레밍의 대거가 튕겨 나갔다.

"중력의 힘을 견디면서 병사들을 지키는 임무라. 여간 까다로운 게 아니로군요."

"……카롯의 레스길. 로저스의 밑에 있는 A급 용병이다. 모두 사방을 포위해라."

일격의 위력이 담긴 암살 기술을 거뜬히 막아낸 레스길이 긴 장검을 치켜들었다. 시야를 포기한 검사라고는 하나 중력의 힘을 버티며 오롯이 자리를 고수하는 것은 A급에 걸맞은 강자란 증거일 터다.

때문에 귀병대는 성급히 움직이지 않고 오히려 사방을 포위하며 천천히 갉아먹는 것을 택했다.

"크으윽, 레스길뿐만 아니지. 이 몸도 있다고."

"불리하지만 어떻게든 막아보는 수밖에."

뒤따라 카롯의 정예 병사 둘까지 중력을 견뎌내자 조금 더 긴 교전이 예상됐다. 아마 증원 혹은 후퇴를 준비하기 위해 어떻게든 시간을 벌 것이다.

물론.

'결국은 무의미한 저항이 되겠지만. 여기서 너희들을 보낼 생각은 절대 없다.'

레밍으로선 그들의 발만 묶어두고 있어도 엄청난 이득이었다. 게다가 건너편 카롯의 필드에서 용찬이 지켜보고 있지 않은가. 귀병대에게 이런 신선한 먹잇감을 준 이상 결코 기대에 실망으로 보답할 생각은 없었다.

"최대한 마법사들의 캐스팅 시전을 취소시키며 천천히 세 명을 압박해 간다."

"알겠습니다, 부대장님!"

마치 똬리를 튼 뱀처럼 조금씩 샤들리 병사들을 조여가는 귀병대였다.

'카롯의 정식 용병 레스길. 회귀 이전 당시 내가 직접 처치했던 마족은 아니었지. 하지만 실력이 뛰어나다는 것만큼은 귀가 닳도록 들었었어.'

물론 그렇다고 해서 귀병대가 밀린다는 것은 아니다. 귀병대장인 레밍 또한 미첼 토벌 당시 크게 애를 먹었던 마족 중 하나였기 때문이다. 비록 태현의 암살 기술 앞에 처절히 무릎 꿇었지만 하이 랭커 수준의 A급 암살자인 것은 다름이 없었다.

"탄력이 끝이 아니었던 거냐?"

로저스가 믿기지 않는다는 표정으로 물어왔다.

여태껏 두 가지 이상의 특성을 가진 마왕성은 존재하지 않았기 때문에 그가 당황스러워하는 것도 어찌 보면 당연할 터.

미리 두 번째 마력 코어로 특성을 교체해놨던 용찬은 느긋하게 어깨를 으쓱이며 입가를 말아 올렸다.

"굳이 대답해 줄 의무는 없는 것 같은데."

"……그렇군. 처음부터 이런 상황을 노린 거였어. 가문전이 재개되는 것까지."

"네놈은 입으로 싸우는 거냐."

"하지만 여기서 네놈을 쓰러트린다면 얘기가 달라지겠지."

생명력을 갈취하는 흑마도의 효과와 귀병대에게 둘러싸인 카롯의 병사들을 생각해 봤을 때 시간을 끌수록 불리한 것은 샤들리 가문이었다. 한시가 급하다는 것을 인지한 로저스는 더 이상 망설이지 않고 물의 속성력을 끌어올렸다.

[마왕성 카롯의 특성이 발동됩니다.]
[카롯이 위치한 필드의 환경이 변경됩니다.]

뼛속까지 파고드는 맹렬한 한기.

순식간에 필드의 온도가 급속도로 내려가자 곧 입에서 한기가 뿜어져 나왔다.

용찬은 눈발이 몰아치는 필드를 보며 카롯의 특성이 발동되었단 것을 깨달았다.

'그래, 회귀 이전 때도 이런 환경을 본 적이 있었지. 그때도 강렬한 추위 속에서 저놈을 꺾었었는데. 이번에는 좀 다르다고 볼 수 있겠어.'

불리한 환경인 것은 분명하다.

다만.

[수 속성력이 상승했습니다.]
[수 속성력이 상승했습니다.]
[수 속성력이 상승했습니다.]

픽스 파이멀린을 통해 미리 수 속성력을 상승시키고 온 지금이라면 얘기가 달랐다. 특히나 수 속성력을 가진 파이오니아까지 착용하고 있는 상태인 만큼 이런 환경은 오히려 헨드릭의 친화력에 더욱 도움이 됐다.

마침 신형 주위로 몰아치는 물의 소용돌이.

진즉에 물의 마법을 발동시켜 둔 것인지 로저스가 연달아 커다란 물방울들을 만들어내기 시작했다.

'현재 뇌안의 등급은 밸런스 조정으로 인해 A급. 사정거리는 물론 사용 횟수도 늘어난 상태이니 다크 윙을 함께 활용한다면 장거리 마법은 충분히 피할 수 있어.'

점점 거리를 좁혀오던 물방울들이 하나둘 터져간다.

일종의 방출계 종류의 수 속성 폭발 마법이다.

하지만 일찌감치 뇌안을 발동한 용찬은 자유자재로 하늘을 날아다니며 폭발의 범위를 피해냈다.

[침묵의 마왕 로저스가 아쿠아 에로우를 시전했습니다.]
[파이오니아의 나이기스 스킬이 발동됩니다.]
[일정 시간 동안 동일한 등급의 공격을 막아내는 수 속성 방패를 소환합니다.]

마치 꽃처럼 피어나듯 구현되는 얼음 결정의 방패.

과연 서열 4위란 순위에 걸맞게 A급에 달하는 위력의 마법들을 시전하고 있었지만, 얼음 결정으로 만들어진 나이기스만큼은 뚫어내지 못했다.

"이젠 나를 상대로 수 속성 마법까지? 오만한 것을 떠나 완전히 실성한 모양이군."

"내가 단지 이런 상황을 노리기 위해 페널티를 걸었다고 생각하나?"

"주제를 알……."

"애초에 네놈 따윈 기존에 가지고 있던 기술들만으로도 충분했어."

유니크 장비인 흑룡포가 뜨겁게 달궈지기 시작한다. 출혈 효과를 감수하는 대신 민첩 능력치를 두 배로 증폭시키는 레이지 드라이브.

변화가 일어나기 시작한 것은 그때부터였다.

[백호신권이 발동 됩니다.]

마치 종이 찢어져 나가듯 갈기갈기 분해되는 물방울들.

마력을 원천 삼아 발동되는 로저스의 마법들은 결코 백호신권의 손길 아래서 벗어날 수 없었다. 그리고 거기서 뇌보까지 시전되자 마치 하늘을 달리듯 용찬의 움직임이 보다 자유로워졌다.

쾅! 쾅! 쾅!

재동이 걸리듯 가공할 속공이 이어진다. 도저히 눈으로 쫓아가지 못할 속도에 로저스는 계속해서 마력 결계를 펼쳤고, 뒤늦게 자리를 벗어나기 위해 캐스팅해 두고 있던 광범위 마법을 발동시켰다.

[침묵의 마왕 로저스가 바그란스의 해일을 시전했습니다.]
[지정된 대상에게로 거대한 해일이 몰아칩니다.]

본격적으로 물의 권능이 활용되기 시작한다.

한때 하이 랭커들의 진형을 단숨에 초토화시켰던 드높은 해일.

남아 있던 뇌안의 횟수를 마저 사용하며 좀 더 상공으로 높이 날아올랐지만 그것을 가만히 놔둘 로저스가 아니었다.

콰자자자작!

고난이도 마법으로 분류되는 프로스트 노바.

시전자 근처 범위 내로 강렬한 냉기를 뿜어내는 A급 마법이 발동되자 몰아치던 해일이 쩌저적 얼어붙기 시작했다. 그리고 물의 권능을 통해 얼어붙은 해일을 원반 모양으로 만들자 금세 용찬은 독 안에 든 쥐 신세가 되었고, 얼마 되지 않아 원반 모양이던 해일이 단숨에 터져 나갔다.

[강렬한 한기가 오른쪽 다리에 스며듭니다.]

[민첩 능력치가 소폭 하락합니다.]

[이동 속도에 제한이 걸립니다.]

'역시 쉽게 이기지는 못할 상대야. 인페르날을 막은 것도 단순히 운이 좋아서는 아니겠지.'

실제로 광악이던 시절 한참의 공방 끝에 빈틈을 발견하고 제압했던 로저스였다. 그때도 지금처럼 환경에 페널티를 받긴 했지만 놈의 실력 자체는 인정할 만했다.

"아까 전까지 기세등등하던 모습은 어디로 간 거지. 겨우 이 정도였나, 헨드릭 프로이스."

"길고 짧은지는 대봐야 아는 것이지."

"……권능을 발동해라. 뇌전의 권능을 왜 자꾸 사용하지 않고 있는 거지. 지금이라면 상성 면에서 압도적으로 유리할 텐데?"

"남의 권능을 신경 쓸 때가 아닐 텐데. 역시 넌 입으로 싸우는 놈이었나 보군."

평소라면 유치한 도발엔 걸려들지 않을 침묵의 마왕이지만 계속 뇌전의 권능을 보이지 않자 눈살이 찌푸려졌다.

얼마나 샤들리 가문, 아니, 카룻을 얕잡아 보는 것이란 말인가.

"그 말, 후회하게 해주지."

서서히 휘몰아치는 눈보라 속에서 거대한 허리케인이 주변 필드를 집어삼켰다. 물의 속성력과 결합된 허리케인은 환경의 영향을 받아 서리 결정을 쏘아냈다.

어느새 그 속에 갇힌 용찬은 다간의 정밀한 흉갑의 스킬인 스톤 스킨을 통해 결정들을 버텨내기 시작했고, 하늘에서 그를 내려다보고 있던 로저스가 마침내 물로 형성된 용을 만들어냈다.

"르네의 밤 때 넌 말했었지. 그 잘난 용대가리도 결국은 추락한다고. 어디 한번 시험해 보마."

물의 권능의 결정체인 수룡 타비달로스. 비록 살아 숨 쉬는

용이 아닌 물로 만들어진 거짓된 용에 불과했지만 그 위력은 상상을 초월하는 수준이었다.

하지만.

'그래, 결국은 수룡 타비달로스를 발동시킬 줄 알았지. 내 손에 비참하게 땅으로 추락했던 카롯의 용. 이렇게 다시 보니 감회가 새롭군.'

용찬은 오히려 입가를 말아 올리며 흡족해했다.

금방이라도 수룡의 주둥이 속으로 빨려 들어갈 것만 같았지만 견디고 견디었다.

오직 본래의 자신을 한 단계 뛰어넘기 위해.

[수 속성력이 상승했습니다.]
[수 속성력의 숙련도가 한계에 도달했습니다.]

그리고 그 기회는 얼마 되지 않아 찾아왔다.

'헨드릭 프로이스는 단순히 재능이 잠재되어 있던 게 아냐. 오히려 속성력을 발현시킬 기회가 무수히 많았었지. 하지만 그것을 발현해 낼 수단이 없었기 때문에 비운의 마왕이 되었던 거야.'

만약 헨드릭에게 그런 계기가 있었더라면 단숨에 최하위 서열에서 벗어날 수 있었을 것이다.

처음엔 뇌격을 가지고 있던 제단장의 장갑으로, 다음은 어둠의 속성력을 가지고 있던 볼버의 흑수로. 그리고 지금은 수속성력을 가지고 있는 파이오니아로 세 번째 속성력을 깨우칠 시간이었다.

두근두근!

온다.

거친 서릿발 속에서 물의 기운이 조금씩 파이오니아로 스며들고 있었다.

'이제 다음으로 나아갈 시간이다.'

뒤늦게 수룡 타비달로스가 허리케인을 집어삼키자 주변이 고요해졌다.

그리고.

[물의 정령과 계약이 성사됐습니다.]
[기존의 등급이 상승했습니다.]

한 마리의 파랑새가 전장으로 날아들었다.

'정령은 기본적으로 세 가지 종류로 나누어져요.'

한 때 정령 궁수 제니카가 정령들의 종류로 크게 열변을 토해낸 적이 있다.

　첫 번째로 태초부터 정령계에 존재했던 일반 정령들, 두 번째로 이름을 부여받을 권리가 주어진 정령왕의 수호 정령들, 세 번째로 정령계에 속하지 않고 특별한 매개체를 통해 태어난 독립적인 정령들까지.

　단지 장비를 통해 속성력을 다루던 그때의 용찬은 별 감흥 없이 흘려들었지만, 헨드릭의 몸으로 회귀한 지금은 달랐다.

[물의 정령 레비]

[등급:C]

[상태:온화, 호기심]

　'체서와 똑같이 이름이 정해져 있어. 그렇다면 세 번째 경우. 독립적인 정령들이라고 해야 되나.'

　감미로운 울음소리와 함께 어깨 위로 파랑새가 날아든다.

　레비라고 이름 지어진 물의 정령. 놈은 똘망똘망한 두 눈으로 용찬을 쳐다보며 부리를 뺨에 부비적거렸다.

　"체서나 너나 하는 짓은 똑같군."

　"째쨱."

　"음. 말은 안 통하는 건가."

　체서에 이어 두 번째 정령이다. 어떤 능력이 있는지 어떤 특성들을 가지고 있는지는 아직 불명. 체서 때처럼 자세히 스킬들을 확인하고 싶었지만 당장 그럴 여유는 없었다.

"……설마 물의 정령과 계약한 거냐? 헨드릭 프로이스."

"물의 권능을 다뤄서 그런지 한눈에 알아보는군. 그래서 공격은 그걸로 끝인 거냐. 아직 더 남았을 텐데?"

"정말 끝까지 입만 살았군. 정령과 계약했다 한들 변한 것은 없다!"

로저스의 말대로 상황 자체는 변한 것이 없었다.

하지만 수룡 타비달로스가 다시금 주둥이를 들이밀자 변화가 일어나기 시작했다.

[균형의 서가 새로운 존재를 감지했습니다.]
[물의 정령 레비의 밸런스를 조정 합니다.]
[일시적으로 모든 스킬 및 특성의 레벨을 A급으로 조정합니다.]

비록 체서처럼 외형의 변화는 없었지만 기존에 가지고 있던 레비의 능력들이 A급으로 향상됐다. 그리고 거친 물보라 속에서 레비가 날갯짓하자 두 마리의 수룡이 멀리 떨어져 나갔다.

[물의 정령 레비의 물의 조화 특성이 발동되고 있습니다.]
[일정 시간 동안 물의 속성력과 물의 저항력이 대폭 상승합니다.]

'호오. 과연 물의 정령이라 이건가.'

금방이라도 물살에 휩쓸려 나가려던 신형이 고정된다. 물의 정령답게 선천적으로 물의 기운을 품고 있던 레비는 균형의 서의 효과를 받아 더욱 압도적인 기운을 뿜어내고 있었다.

로저스의 얼굴이 당혹으로 물드는 것도 어찌 보면 당연한 상황.

수룡 두 마리가 시전자의 손으로 되돌아가는 지금이라면 충분히 거리를 줄일 수 있었다.

그리고 레비도 마침 그것을 알아차린 것일까.

[물의 정령 레비가 아쿠아 인챈트를 시전했습니다.]
[일정 시간 동안 시전자의 무기에 동화됩니다.]

적절한 순간에 파이오니아로 자신의 몸을 동화시켰다.

느껴진다. 마치 커다란 파도의 흐름 속에 몸을 맡긴 것처럼. 점점 물의 기운들이 느껴지고 있었다. 용찬은 푸른색으로 공명하는 파이오니아를 확인한 뒤 마지막 남아 있던 뇌안을 시전했다.

순식간에 거리를 좁히는 신형.

레비가 인챈트된 것 때문인지 잠시 움찔거리던 로저스였지만 이내 두 마리의 수룡을 좌우로 날려 보냈다.

덥석!

"이제 끝낼 시간이다. 로저스 샤들리."

마권에서 한 단계 진화한 백호신권은 적의 버프, 신성력, 마력, 속성력까지 전부 물리력을 행사할 수 있다. 단순히 스킬을 차단시키는 정도가 아닌 것이다.

특히나 수룡 타비달로스는 물의 속성력뿐만 아니라 시전자의 마력까지 포함된 로저스만의 기술. 때문에 지금처럼 스킬을 파훼시키지 않고 속성력과 마력을 붙잡아 고정시킬 수도 있었다.

"수룡 타비달로스를 손으로 직접 붙잡는다고?"

"오늘 그 잘난 용을 추락시켜 주마."

용찬은 양손으로 붙잡은 두 마리의 수룡을 바닥으로 던져 버렸다.

파이오니아에 인챈트된 레비 덕분에 그 위력은 더욱 독보적!

콰앙!

결국 수룡을 유지시키고 있던 로저스 본인까지 땅으로 추락하며 발현되고 있던 권능이 해제됐다.

마침내 서로의 눈높이가 달라진 상황.

'그때도 이랬었지. 놈은 경악스러운 얼굴로 나를 올려다보고 있고 카룻 최상층에 있던 나는 무심한 눈길로 놈을 내려다

보고 있었지.'

불현듯 떠오른 회귀 이전 광경에 데자뷰까지 느껴지는 상황 속에서 샤들리 병사들의 시선이 모아졌다.

"수, 수룡 타이달로스가 사라졌어!"

"로저스 님이 하늘에서 떨어지시다니. 대체 어떻게 된 거지?"

"설마 로저스 님께서 지고 있다고?"

점점 적들의 사기가 떨어진다. 그들이 믿고 따르던 서열 4위의 마왕이 고작 서열 40위 마왕 아래 쓰러져 있으니 그럴 만도할 것이다.

털썩! 털썩!

생명력에 한계를 느낀 병사들까지 차례대로 쓰러져 간다.

그나마 등급이 높은 병사들은 아직까지 흑마도를 유지하고 있었지만 분위기 자체는 벌써 프로이스 가문으로 넘어와 있었다.

그 명성 높은 침묵의 마왕조차 악화된 전황을 살피고 있지 않은가.

이젠 놈들에게 누가 진정한 강자인지 알려줄 때였다.

파지지직!

"일어서라. 고작 이걸로 끝이 아닐 텐데?"

"······."

마치 먹물처럼 신형 주위로 흐르는 검은 물결들.

그 속에서 푸른 뇌전이 천천히 빛을 발하고 있었다.

콰앙!

마침내 기슈의 창술 앞에 굳건히 버티던 바발트의 신형이 무너져 내린다.

아무리 샤들리 가문의 부대장이라 해도 줄기차게 소모되는 생명력을 감당하긴 무리일 터.

이윽고 다리 건너편의 카룻 병사들까지 가슴을 부여잡고 쓰러지자 완벽히 상황은 역전됐다.

'안 되겠군. 여기서 저놈과 더 싸워봤자 완벽히 뒤집힌 전황을 역전시키긴 힘들어. 지금은 어쩔 수 없이 항복을 선택해야 된다.'

수룡 타비달로스가 한 번 막혔다고 해서 전투에서 패배한 것은 아니다.

단지 너무 쉽게 추락한 수룡에 다소 충격을 먹은 것뿐.

아직까지 크게 불리한 것은 없었지만 샤들리 가문의 병사들은 아니었다.

-쿨럭쿨럭. 더 이상은 한계일 것 같습니다. 죄송합니다. 마왕님.

'……'

슬슬 카롯의 병사들도 한계였다.

결국 로저스는 질끈 눈을 감고 입을 열었다.

"항……."

두근!

순간적으로 엄청난 두통이 밀려온다. 감히 거역할 수 없는 강제력이 단숨에 온몸을 조여오고 있었다. 원인은 아마 품속에 숨겨진 구속의 방울 때문일 것이다. 머리를 부여잡고 주저앉은 로저스는 힘겨운 얼굴로 다리 아래 탑을 쳐다봤다.

'정말 끝까지 이기적인 놈!'

보인다. 탑 입구에 선 채로 오른손을 움켜쥐고 있는 단 한 명의 마족. 로이스 샤틀리가 보이고 있었다.

'패배는 절대 허락되지 않는다. 로저스. 병사들은 무시하고 헨드릭을 쓰러트려라.'

용찬의 잠재력이 두려워진 것일까.

이젠 전력을 잃는 것까지 각오하고 어떻게든 용찬을 처리하려 했다.

하지만.

'거절한다. 네놈의 명령만큼은 절대 따르지 않아!'

결코 따를 수 없다. 이건 순전히 자존심 때문만이 아니다. 오로지 자신의 사리사욕을 위해 가문을 이끄는 로이스와 달리 로저스는 카롯의 병사들을 아꼈다. 때문에 강제력에 의해 움직여지는 신형을 사력을 다해 붙잡고 버티기 시작했다.

그리고 마침 라이트닝 볼텍스를 준비하고 있던 용찬도 그것을 알아챘다.

'갑자기 왜 저러는…… 설마?'

고개를 휙 돌려 다리 아래를 살피자 탑 앞에서 오른손을 움켜쥐고 있는 로이스가 눈에 들어왔다.

상황만 봐선 그가 로저스에게 무언가 압박을 주는듯한 분위기였다.

뒤늦게 구속의 방울이 생각난 용찬은 순간적으로 한성이 떠올라 인상을 굳혔다.

'마족인 것을 떠나 샤들리 가주는 정말 미친놈입니다. 저도 자세히 살핀 것은 아니지만 저 말고도 일부 병사들에게 구속의 방울을 부착시켜 둔 듯했습니다.'

'가문의 병사들에게도 강제력을 사용한다고?'

'오로지 자기만을 위해 일하는 꼭두각시를 원했던 것이겠죠. 혹여 배신할까 두려운 것일 수도 있고 말이죠. 아무튼 존나 나쁜 새끼입니다!'

친혈육인 로저스에게 구속의 방울을 사용할 가능성?

없진 않다. 아니, 오히려 사용했을 가능성이 더욱 컸다. 자신의 욕심을 위해 일부 병사들에게도 구속의 방울을 사용했다면 정식 후계자도 예외는 아닐 터.

그나마 등급이 높아 세뇌의 영향은 받지 않았지만 어쩌면 로저스는 여태껏 로이스의 지시대로 움직였을지 몰랐다.

'가문에게 이용당하는 마왕이라. 만약 내 가설이 맞다면 로이스는 진작에 병사들을 버린 셈이겠군.'

활용성이 끝난 도구는 버려진다. 어찌 보면 그동안 힘겹게 쌓아온 전력을 낭비하는 꼴이 되어버리지만 가문전의 승리 조건을 봤을 때 그리 안 좋은 선택은 아니었다.

여기서 용찬을 전투 불능 상태로 만들고 승리 보상들만 받아가도 얼마 지나지 않아 가문의 전력은 충분히 복구될 터.

하지만 로이스의 뜻대로 되게 놔둘 생각은 전혀 없었다.

"위르겐. 전 병사들에게 지시해라."

-페펭?

"카롯의 병사들만 놔두고 나머지 쓰레기들을 전부 토벌하라고."

먼저 프로이스 가문을 얕잡아본 것은 샤들리 가문이다. 이젠 그 죗값을 치러야 할 시간이었다.

한창 로저스의 의지를 꺾기 위해 강제력을 구사하던 로이스는 예상 못 한 용찬의 지시에 당황했고, 거의 승기를 잡아가던 프로이스 가문의 부대장들은 눈에 불을 켜고 적들에게 달려

들기 시작했다.

"마왕님께서 지시하셨다. 오늘 마계에서 샤들리란 이름을 지운다. 즉시 놈들을 토벌해라!"

"우리 바쿤도 가만히 있을 수 없어. 다들 보이는 족족 죽여 버려!"

"프로이스! 프로이스! 프로이스!"

필드 전체로 쩌렁쩌렁 울리는 함성 속에서 용찬은 걸어갔다.

목표는 오직 20층 규모의 거대한 마왕성 카롯.

도중 자신의 의지대로 버티고 있는 로저스와 눈이 마주치긴 했지만 이내 무시했다.

"크으윽. 거기 멈춰. 헨드릭 프로이스!"

잠시 멈춰지는 발걸음.

"지금 뭐하자는 거냐. 설마 나에게 자비라도 베푼다는 건가? 웃기지 마라. 아직 네놈과의 승……."

"입 다물어라. 결국 네놈과는 다시 서열전에서 맞붙게 될 테니까."

어차피 서열전에서 마왕은 제거할 수 없다. 게다가 놈은 구속의 방울에 걸려 로이스에게 구속당하다시피 살아온 도구 같은 존재. 결국 서열전에서 다시 마주치게 될 상대라면 오히려 지금은 로이스와 가문의 힘을 줄여놓는 게 현명한 판단이었다.

'그리고 악몽의 탑에서 파티를 맺었던 마왕들을 떠올려 봤

을 때 그리 나쁜 선택은 아니지. 조금 더 먼 미래를 바라본다.'

마왕으로서의 목표를 클리어하기 위해선 다른 마왕들과의 협력 관계도 매우 중요할 것이다.

그렇게 용찬은 당황해하는 로저스를 지나쳐 그대로 텅텅 비어 있는 카롯의 내부로 진입했다.

'내부를 지키고 있던 병사들까지 전부 이동시킨 거였나.'

케트라의 대규모 이동 마법을 통해 단숨에 바쿤을 함락한다. 대충 이런 작전이었던 것 같았다. 물론 지금은 역으로 귀병대의 먹잇감이 되어버린 상태였지만 아직까지 모습을 드러내지 않은 놈들이 있었다.

용찬은 그놈들을 떠올리며 천천히 최상층으로 올라갔다. 그리고 최상층에 올라서자마자 예상대로 수정구를 지키고 있는 두 놈이 보였다.

"……시야 공유로 확인은 하고 있었지만 정말로 여기까지 오실 줄이야."

"네놈이 벨리스……."

-크아아아아. 헨드릭 프로이스!

"그리고 네놈은……."

거대한 물방울 속에서 익숙한 심해의 괴수가 괴성을 내지른다.

포란의 숲 때만 해도 상대가 되지 않던 레비아탄.

하지만 지금은 달랐다.

"문어 대가리였던가."

-죽어 버릴 테다. 헨드릭!

"……."

모욕을 당한 레비아탄은 수십 개의 촉수를 휘두르며 분노를 표해냈지만 정작 뒤에 서 있던 청안의 마족, 벨리스는 그저 묵묵히 용찬을 지켜보고만 있었다.

아마 로저스와의 전투를 확인하며 자신들과의 실력 차이를 깨달아 버린 것일 터.

그나마 샤를리 가문의 마족 중에선 현명한 축에 속한다고 봐야 할 것이다.

"자, 그럼 가문전을 끝낼 시간이로군."

-누구 마음대로 가문전을 끝낸다는 거냐. 여기서 네놈만 쓰러트리면 우리의 승리다!

"벨리스와 다르게 네놈은 멍청하군."

파지지직!

포란의 숲에서 함정에 빠졌을 때만 해도 물과 뇌전의 상성 차이를 활용하지 못했었다.

원인은 속성력 및 기술들의 낮은 숙련도와 등급 차이.

그리고 B급 히어로인 놈을 상대할 장비가 허술해서였다.

하지만 지금은 밸런스 조정으로 인해 속성력의 숙련도 자체가 그때와 달랐다.

-끄, 끄아아아악! 대, 대체 어떻게 이런 힘을!

"죽어서도 잊지 마라. 나는……."

물방울 속으로 파고드는 대량의 뇌전들. 레이지 드라이브의 출혈 효과로 피를 뚝뚝 흘리고 있던 용찬은 감전으로 고통스러워하는 레비아탄을 보며 잔혹한 미소를 선사했다.

"당한 것은 몇 배로 갚아주니까."

콰콰쾅!

그날, 끊임없이 쏟아지는 천둥 벼락 속에서 프로이스 가문은 대승을 거두었다.

◀ 55장 ▶

예언의 마녀

　마계 전체로 생중계되고 있던 프로이스와 샤들리의 자존심을 건 가문전.

　처음 때만 해도 대부분 샤들리의 손을 들어주고 있었지만 한 차례 용찬이 폭주하기 시작한 이후 전황 자체가 크게 뒤집혀 버렸다. 홀로 샤들리의 부대장을 두 명까지 상대해 내며 엄청난 무력을 드러낸 것이다.

　"말도 안 돼! 저게 헨드릭 프로이스라고?"

　"밸런스 조정을 한다고 하더니. 이건 완전히 밸런스를 무너트린 격이잖아. 헨드릭 프로이스의 잠재력이 저 정도였던 거야?"

　"저, 저기 봐봐! 로이스 샤들리가 난입했……. 미친! 저건 또 뭐야?"

갑작스러운 로이스의 난입과 A급으로 진화한 어둠의 정령 체서까지.

뻔한 결과가 예상되고 있던 가문전은 용찬 단 한 명으로 인해 급격히 다른 양상을 띠기 시작했고 얼마 되지 않아 새로운 룰이 적용되며 다시금 가문전이 재개됐다.

그리고 마족들은 볼 수 있었다.

"이럴 수가. 헨드릭 프로이스가 서열 4위인 침묵의 마왕을 바닥에 내팽개쳤어!"

"샤들리 병사들도 거의 마무리되기 일보 직전이야. 어어? 로저스를 놔두고 어디로 가는 거야. 설마 카롯!"

"레, 레비아탄을 저리 쉽게…… 앗! 수정구가 부서진다!"

샤들리 가문이 처참히 패배당하는 과정들을 말이다.

추가 룰을 통해 자기 자신에게 페널티를 주었음에도 강렬한 인상을 남겨준 용찬은 프로이스 병사들 사이에서 열렬한 환호를 받았고, 다섯 명의 부대장들이 그 앞에 무릎을 꿇고 충성을 맹세하는 등 충격적인 일들이 연속으로 벌어졌다.

덕분에 프로이스 가문의 명예는 더욱 드높아졌고 바쿤의 평가 또한 단숨에 호평으로 바뀌기 시작했다. 그리고 바쿤의 행보를 예의주시하던 일부 마족들의 반응들도 상당했다.

"이익! 있을 수 없어. 헨드릭, 저 망나니 자식이 저렇게 강할

리 없다고. 대체 무슨 수작을 부린 거냐. 펠드릭 프로이스!"

강경파의 중심이라고 불리는 겐트 다이러스부터.

"정말 아름답네요. 저렇게 황홀한 힘을 가지고 있다니. 처음 봤을 때부터 느꼈지만 정말 헨드릭 프로이스는 기대 이상의 그릇 인 것 같아요."

하이델 가문의 정식 후계자인 조수아.

"……꽤 하는군."

베일에 휩싸여 있는 서열 1위의 마왕까지. 프로이스와 샤들 리의 첫 가문전은 여러모로 마계를 뒤흔들고 있었다.

[가문전에서 승리하셨습니다.]
[수행 과제 보상이 지급됩니다.]
[균형의 서의 효과가 사라집니다.]

카롯의 수정구가 파괴되면서 가문전은 프로이스의 승리로 막을 내리게 됐다. 일시적이라곤 하나 다시금 광기에 취하게 만들어주었던 광악 시절의 능력들.

가문전이 종료되자마자 그 능력들이 사라져 아쉽긴 했지만 어느 정도 소득은 있었다.

[파이렛 2식 스킬을 터득했습니다.]
[광기의 인장 특성을 터득했습니다.]

'밸런스가 조정된 상태에서도 NPC 시스템이 적용된다 이건가. 직접 아이템을 통해 습득할 필요 없이 터득한 것은 좋지만 아직 부족해.'

가문전 도중 B급으로 등급이 상승했다고 하지만 여러모로 부족했다. 그때의 스킬, 특성, 장비 등 광악 시절 때의 능력들이 더욱 간절해져 왔다.

일시적이라곤 하나 현재의 능력들과 광악 시절의 능력들이 합쳐졌을 때 어떤 위력을 발휘하는지 실감했지 않던가.

앞으로 벌어질 사건과 서열전을 생각해 봤을 때 좀 더 빠르게 그때의 힘들을 되찾을 필요가 있었다.

[프로이스 가문 병사들의 존경심이 대폭 상승했습니다.]

[프로이스 가문 부대장들의 충성심이 대폭 상승했습니다.]

'뭐, 그래도 프로이스 가문의 전력을 손에 넣었으니 일단은 만족이라고 해야 하나.'

펠드릭에게 했던 대답은 결코 허언이 아니었다. 가문전이 시작되기 전까지만 해도 불안해하던 병사들이었지만 지금은 오히려 충성심 가득한 눈빛으로 용찬을 바라보고 있었다. 심지어 다섯 명의 부대장들은 용찬 앞에서 절도 있게 무릎까지 꿇고 있는 상황.

탑에서 지켜보고 있던 펠드릭조차 흡족한 얼굴로 강렬한 불길을 내뿜고 있었다.

물론.

"아뜨뜨뜨!"

"에잉. 저택에서도 그 지랄을 떨더니 여기서도 마찬가지구만!"

"쯧. 앞으로도 감정 제어하긴 틀려먹었군. 우리 먼저들 돌아가세."

뒤늦게 도착한 원로들 입장에선 죽을 맛이었지만 말이다.

그렇게 가문전이 정식으로 끝나자 처절히 패배한 샤들리 가문의 현황이 여실히 드러났다.

용찬의 지시로 인해 카롯의 병사들은 거의 피해가 없었지만 흑마도의 부작용까지 중첩되며 사기가 꺾인 샤들리의 병사들은 대부분 전멸된 상태였다.

살아남은 것은 부대장 세 명과 케트라. 그리고 일찍이 카롯에서 도망쳐 나왔던 벨리스 정도였다.

"인정 못 한다. 이런 결과는 인정 못 해!"

"샤들리 가주님. 중간에 난입하신 것도, 추가 룰을 받아들이신 것도 전부 로이스 님 아니셨습니까. 이만 결과를 받아들이시지요."

"으드득. 램버스!"

"이미 마계 위원회에서도 통보가 내려진 상태입니다. 더 이상 소란을 일으키시면 샤들리 가문의 입장만 난처해지실 겁니다."

흑단과 모종의 관계를 가지고 있던 로이스도 더 이상은 발언권이 없었다. 마계 전체로 생중계되는 가운데 용찬이 직접 카롯의 수정구까지 박살 내버렸지 않던가.

위원회 내에서 샤들리 가문이 얼마나 큰 영향력을 가지고 있는지 알 수 없었지만 이미 패배한 결과를 뒤집는 것은 불가능했다.

이로써 남은 것은 승자의 방뿐.

계약서의 내용까지 적용되어 추가된 대가의 수는 총 열 가지였고 이제 프로이스 가문은 그 대가를 받아낼 시간이었다.

"헨드릭 프로이스. 이게 끝일 거라 생각하지 마라!"

"이미 샤들리 가문은 거의 끝난 분위기인데 잘도 그런 소리를 지껄이시는군요. 샤들리 가주님."

"크으으윽!"

괜히 뒤늦게 와서 위협을 해온 로이스는 용찬의 대답에 본전도 찾지 못하고 등을 돌려야만 했다. 아마 샤들리 가문은 승자의 방 이후 한동안 피해를 복구하는 데 온 힘을 쏟아부어야 할 것이다.

그것을 알고 있던 펠드릭도 흡족한 얼굴로 처량한 로이스의 뒷모습을 바라봤고 얼마 되지 않아 용찬에게로 다가왔다.

"매우 만족스러운 결과구나. 헨드릭."

"그저 할 일을 했을 뿐입니다."

"아니, 넌 이미 가주로서의 자격을 가지고도 남을 능력을 보였어. 네가 그런 잠재력을 가지고 있을 줄은 생각도 못 했다. 그동안 무심했던 나를 용서해라. 헨드릭."

"……"

여태껏 보이지 않던 얼굴로 갑자기 사과를 해온다. 과연 이것을 어떻게 받아들여야 할까. 평소라면 그저 무시해 버렸을 테지만 어째서인지 지금은 가볍게 흘려넘길 수 없었다.

결국 용찬은 그 의문의 해답을 찾지 못한 채 램버스와 함께 승자의 방으로 향하는 펠드릭을 바라만 봤다.

'……대체 뭐지. 이 느낌은?'

생전 겪어보지 못한 낯선 느낌에 심장이 두근거린다. 어째서인지 속에서부터 급격히 거부감이 치밀어 오르고 있었다.

하지만 그것도 잠시.

카롯의 병사들을 데리고 귀환할 준비를 하는 로저스가 보이자 이내 요동치던 심장이 진정되기 시작했다.

'이럴 때가 아니지. 로이스가 이끄는 샤들리 가문의 영향력을 크게 줄여놨으니 이제 떡밥을 뿌릴 차례야.'

물론 샤들리 가문의 정식 후계자인 로저스였지만 카롯을 이끄는 그라면 충분히 서열전이 끝난 이후 가문을 다시 일으켜 세울 수 있었다.

현재 로이스의 손아귀에 떨어진 샤들리 가문과는 당장 연관이 없는 것이다.

때문에 용찬은 가주의 꼭두각시로 전락한 로저스에게 미리 미끼를 던져놓기로 했다.

"로저스. 언제까지 놈의 꼭두각시로 살아갈 작정이지?"

"……뭐라고?"

"언제든 자유를 되찾고 싶어지면 바쿤으로 찾아와라."

"자, 잠깐!"

구속의 방울에 거의 속박당하다시피 살아온 로저스.

당장은 용찬이 던진 말의 뜻을 이해하지 못할 수도 있었다. 하지만 강제력이 심해지면 심해질수록 지금의 말들이 뇌리 깊숙이 파고들어 잊혀지지 않을 터.

이미 한 차례 한성이 구속의 방울에서 벗어난 것을 본 적이 있는 용찬은 급히 달려오는 로저스를 무시하고 병사들과 함께 바쿤으로 귀환했다.

🐐

"가문에서 통신이 왔습니다. 가주님께서 샤틀리 가문에게 총 열 가지 대가를 전부 받아낸 것 같습니다. 아마 얼마 되지 않아 마왕님을 저택으로 부르실 심산이신 것 같더군요."

바쿤으로 귀환한 지 얼마 되지 않아 가문에 대한 소식이 들려왔다.

펠드릭이 승자의 방에서 무엇을 요구했는지는 정확히 알 수 없었지만 대가의 수가 열 개인 만큼 샤틀리 가문은 더 이상 마계 최상위 가문이라 불릴 수 없을 것이다.

그리고 프로이스 가문 입장에선 승리의 주역인 용찬에게 따로 보상을 지급하고 싶을 터.

아마 이번 가문전만큼은 원로들의 입김도 아무런 소용이 없을 것이라 판단됐다.

"그럼 그때까지 바쿤에서 대기해야겠군. 병사들은 어떻지?"

"모두들 승리의 감격에 도취되어 있는 듯합니다. 아주 기뻐하시더군요. 전부 1층에서 승전 기념으로 열린 파티를 즐기고 계십니다. 가보시겠습니까?"

"그럴 필요는 없을 것 같군."

"다시 한번 말씀 드리지만 진심으로 축하드립니다. 이제 앞으로 어떤 마왕도 더 이상 바쿤을 얕잡아 보지 못할 것입니다."

그레고리의 말대로 첫 번째 가문전은 매우 큰 파란을 일으켰다. 승리의 주역인 용찬을 따라 프로이스 병사들과 함께 선봉에 선 만큼 바쿤 병사들의 이름도 더욱 알려질 터. 물론 그만큼 다른 가문 및 마왕들의 견제도 심해질 것이다.

용찬은 마왕성 시스템을 통해 시끌벅적해진 1층 내부를 확인한 뒤 가문전에서 얻은 병사들의 성과를 살폈다.

[바쿤 병사들의 충성심이 전체적으로 대폭 상승합니다.]
[칸과 켄의 기체술 숙련도가 대폭 상승했습니다.]
[루시엔의 댄싱 검술 레벨이 상승했습니다.]
[쿨단의 흡수력 레벨이 상승했습니다.]
[헥토르의 근접 전투법 레벨이 상승했습니다.]
[록시가 전용 스킬 '마나 이터'를 습득했습니다.]

'역시 나뿐만 아니라 병사들도 NPC 시스템을 통해 기술들의 숙련도가 상승했어.'

특히 록시는 새로운 마법인 마나 이터까지 습득한 상태였다.

'마나 이터면 다른 마법사들의 마력을 감소시키는 마법이었던가. 안티 베리어와 함께 사용하면 그럭저럭 좋은 효과를 볼 수 있겠어.'

비록 헥토르의 메세지 부분만큼은 마음에 들지 않았지만 나름 전체적으로 성장한 것이 여실히 드러났다. 이제 여기서 추가로 병사들을 소환해 부대를 확립시킨다면 대규모 전투도 크게 어렵진 않을 터.

슬슬 B급으로 상승하기 직전인 일부 병사들도 있는만큼 바쿤은 예전보다 전력이 크게 상승했다고 볼 수 있었다.

그렇게 병사 몇 명의 상태창을 자세히 살피고 있었을까.

"째짹!"

잠시 잊고 있었던 물의 정령 레비가 맑은 울음소리를 내며 나타났다.

"그래. 네가 있었지. 체서와 동일한 C급 정령이었던가."

"짹."

"으음. 물의 정령인데 생김새가 새라니. 약간 의외이긴 하지만 뭐 상관없겠지."

딱 주먹만 한 덩치를 가진 조그마한 파랑새다. 하지만 귀여운 외형과 달리 로저스를 상대하던 당시 보인 특성과 스킬은 상당한 효력을 보였다. 게다가 핸드릭의 높은 친화력 덕분인지 계약된 지 얼마 되지도 않았음에도 불구하고 이렇게 몸을 부비적거리며 큰 호감을 보이고 있었다.

[물의 조화(특성)]
[아쿠아 인챈트(스킬)]
[레인 드롭(스킬)]

'아직 확인해 보지 않은 것은 레인 드롭 정도인가. 전체적인 능력도 그렇고 이 스킬도 차차 알아가야겠어.'

부드러운 털을 쓰다듬던 용찬은 마저 확인을 마치고 자리에서 일어났다.

가문에서 추가 통신이 올 때까지 새로운 능력들을 확인할 겸 다음 수행 과제를 진행해도 될 터다. 물론 한창 파티를 즐기고 있는 병사들에겐 청천벽력 같은 소식이겠지만 지금은 더욱 성장할 계기가 필요했다.

지이이잉!

불현듯 품속에 있던 통신 수정구가 울린다.

-헨드릭. 지금 당장 저택으로 오거라.

"가문전 때문에 그러시는 것입니까?"

-그것도 있지만 그분께서 저택으로 찾아오셨다.

그레고리를 거치지 않고 직접적으로 통신을 건 펠드릭. 그만큼 저택에 방문한 자도 매우 중요한 손님일 것이다. 그리고 예상대로 손님의 정체는 가주조차 예의를 차리게 만드는 존재였다.

-지고의 존재께서 방문하셨다.

"……."

용찬의 안색이 굳어지는 순간이었다.

은둔자의 숲에서 아리샤는 하멜에 총 네 명의 마녀가 존재한다고 알려 왔었다. 하멜 초창기 시절부터 대대로 조율자 역할을 해왔던 지고의 존재인 것이다.

첫 만남 때만 해도 단순히 퀘스트를 지급해 주는 NPC로 여기고 있었지만 이미 아리샤를 통해 그녀들이 A급 이상의 마녀들이란 것을 알아낸 상태였다.

[힘:51][내구:39][민첩:41][체력:40]
[마력:49][신성력:0][행운:34][친화력:85]

'물의 정령 레비와 계약하면서 등급이 오르긴 했지만 아리샤와 동급이거나 혹은 더 수준이 높다면 상대도 되지 않겠어.'

가문전을 끝낸 지 얼마 안 됐기 때문일까. 뒤늦게 광악 시절의 힘이 그리워졌다. 만약 10년 차 플레이어의 능력이 그대로 남아 있었다면 이런 걱정은 하지도 않았을 것이다. 아니, 당장 예언의 마녀가 적인지 아군인지조차 알 수 없는 상황에서 이런 고민을 하는 것 자체가 우스울지도.

용찬은 애매모호한 심경에 쓴 웃음을 흘리며 정면의 문을 올려다봤다. 이제 이 문만 열고 집무실 안으로 들어가면 줄곧 찾아왔던 마녀가 보일 터.

툭툭!

"안 들어가고 뭐 하는 게냐."

물론 지금 머리 위에 눌러앉아 있는 붉은 마녀를 말하는 것은 아니었다.

"흐흥. 역시 영혼이 두 개가 된 이유 중 하나가 푸른 마녀인 모양이구나. 이제 와서 두렵기라도 한 게냐?"

"말도 안 되는 망상 지껄이지 말고 머리 위에서 내려와라."

"에잉. 기껏 걱정이 되서 따라와 준 것인데 이리도 매정하게 나오는 게냐. 실망이구나. 헨드릭."

펠드릭에게서 통신을 전해 받은 지 얼마 되지 않아 바쿤에 방문했던 아리샤.

서로 위치는 몰라도 같은 마녀끼리 존재감만큼은 의식할 수 있었던 것인지 예언의 마녀가 마계로 찾아오자마자 즉시 그녀의 기운을 감지하고 용찬을 따라온 상태였다.

'쓸데없이 눈치가 빠른 게 흠이긴 하지만 그래도 이 녀석이 있다면 혹시 모를 상황에 대비할 수 있겠지.'

아리샤의 설명대로라면 마녀들은 오직 자기 방어만 할 수 있었다. 은둔자의 숲에서 자기 대신 내세운 아리샤의 인형이 그 증거일 것이다.

하지만 다른 마녀라고 해서 똑같다는 보장은 없었고 불의의 사고를 대비한다면 오히려 아리샤와 동행하는 것이 옳은 선택일지도 몰랐다.

때문에 용찬은 더 이상 고민하지 않고 집무실의 문을 열고 안으로 들어섰다.

"이제 오는 것이냐. 헨드릭."

"아?"

"……."

가장 먼저 보인 것은 한층 신중한 얼굴로 자리에 앉아 있는 펠드릭.

그 다음은 다소 놀란 눈빛으로 고개를 드는 청초한 여인이었다.

'예언의 마녀.'

마치 인형 같은 청초한 외모, 자세에서부터 느껴지는 우아한 기품, 은은한 향을 흘러보내는 고운 금색 머릿결까지. 분명 뇌리 속에 기억하고 있던 모습과 동일했다.

인간은 물론 마족까지 흠뻑 빠지게 만들 정도로 아찔한 매력.

다른 자들이었다면 금방 눈이 돌아가 버렸겠지만 용찬은 오히려 머리를 차갑게 식히며 천천히 걸어갔다.

그리고.

"얘기는 많이 들었어요. 헨드릭 프로이스 님. 저와는 첫 만남이죠? 반가워요. 얼핏 들어서 알고 계시겠지만 전 예언의 마녀라고 해요. 잘 부탁드려요. 후훗."

그녀가 첫 만남 때처럼 눈웃음을 흘리며 고개를 숙여왔다.

[예언의 마녀]
[등급:?]
[상태:?]

플레이어에게만 보이는 상태창은 동일하다. 그때처럼 바뀐 것 하나 없이 물음표로 표시되어 은근 호기심을 유발시켰다.

누가 보더라도 절세미녀인 그녀는 회귀 이전처럼 기품 있는 자세를 유지하고 있었고 어째서인지 눈이 마주칠 때마다 상냥한 미소를 보이기도 했다.

'뭐라고 해야 할까. 무슨 말부터 시작해야 되지? 나에게 준

푸른 구슬에 대해서? 아니면 처음부터 대놓고 고용찬에 대해 아냐고 물어볼까?'

아니, 푸른 구슬을 준 그녀의 의도조차 모르는 상황에서 섣불리 질문을 던지는 것은 무리수였다. 게다가 회귀한 용찬의 존재를 모르는 펠드릭까지 함께 자리해 있지 않은가.

지금은 오히려 예언의 마녀가 먼저 말을 꺼내길 기다리는 수밖에 없었다.

"아리샤 님께서 함께 오실 줄은 몰랐습니다. 좀 더 준비를 해둘 걸 그랬군요."

"아니, 그런 것은 오히려 내 쪽에서 사양이야. 괜찮으니 마음 편히 앉아 있거라."

"으음. 알겠습니다."

역시 처음은 아리샤에게로 시선이 끌렸다.

펠드릭은 두 명의 조율자가 함께 자리해 있는 것 때문에 괜히 눈치를 보는 듯했지만 정작 두 명의 마녀는 신경도 쓰지 않고 서로를 쳐다봤다.

"마계에 계실 줄은 몰랐네요. 거의 백 년 만인가요?"

"정확히는 백오 년 만이지. 그동안 대륙에서 지냈나 본데 갑자기 마계엔 무슨 일인 게냐."

"어머. 혹시 모르고 계셨나요? 전 예전부터 프로이스 가문과 교류를 하고 있었어요. 가끔씩 저택에 방문해서 가주님과 대화를 주고받기도 했죠. 이번이 처음은 아니랍니다."

어째서인지 얼굴을 마주하자마자 팽팽한 신경전이 벌어진다. 무언가 숨기고 있는 사연이라도 있는 것일까. 제삼자가 봐도 둘의 사이는 그렇게 좋아 보이진 않았다.

"아, 하마터면 잊을 뻔했네요. 바쿤을 운영하고 계신 헨드릭 프로이스 님이셨죠? 마침 마계에 도착하자마자 가문전을 봐서 어떤 활약상을 펼쳤는지는 잘 알고 있어요. 승리를 진심으로 축하드려요."

"……감사합니다."

"그렇게 굳어 계실 필요 없다니까요. 편하게 대해주세요."

그게 말처럼 쉬웠다면 처음부터 눈치 보지 않고 회귀한 사실에 대해 캐물었을 것이다.

맞은편에 앉은 펠드릭만 살펴봐도 평소보다 진지해져 있는 상태.

여기서 괜히 나섰다간 예언의 마녀뿐만 아니라 가주에게까지 의심을 살 수도 있었다.

'그나저나 중계되고 있던 가문전을 봤었다고? 그렇다면 광악 시절의 힘을 사용하던 내 모습도 봤다는 건가. 당장 겉으로 봤을 땐 수상한 것은 그리 없어 보이는데. 일단 가볍게 찔러만 봐야 하나?'

판단을 마친 용찬은 잠시 분위기를 살피다 이내 그녀에게 물었다.

"혹시 예언의 마녀님께선 어떤 분야의 마법을 다루십니까?"

"마법이요?"

"마녀 분들마다 서로 분야가 다르다는 얘기를 들어서 말입니다. 솔직히 궁금하더군요. 조율자분들이 얼마나 뛰어난 마법들을 발현하는지 말이죠."

"아, 평소에 마법에 관심이 많으신가 보네요. 듣기론 무투가라고 하시던데 신기하네요."

"직업과 관심 분야는 서로 다를 수도 있지 않습니까."

"하긴 그것도 그러네요."

예언의 마녀가 실없는 웃음을 흘린다. 우선 대화의 주제를 이끌어내는 데는 성공이었다. 딱히 펠드릭도 불편해하는 기색은 없었고 머리 위에 눌러앉은 아리샤 또한 무심한 눈길로 창문 쪽을 쳐다보고만 있었다.

이제 남은 것은 그녀의 분야가 푸른 구슬과 연관이 되는지 알아보는 것뿐.

하지만 안타깝게도 뒤늦게 들려온 대답은 용찬의 예상과 달랐다.

"전 주로 소환계 마법들을 다루고 있어요. 기본적으로 각인된 다른 존재를 한 자리로 불러모으는 마법부터 시작해 계약한 소환수, 패밀리어 서포터, 전설의 신수 등등까지 다양한 존재들을 불러낼 수 있죠."

'소환 계열 쪽이었나?'

영혼을 이식하는 푸른 구슬과는 거의 연관이 없는 부류의 직업이다. 하지만 거짓 혹은 다른 방법을 통해 만들었을 가능성도 있었기 때문에 조금 더 자세히 파고들기로 했다.

"그러면 혹시 다른 마족의 영혼도 불러낼 수 있습니까?"

"……."

"헨드릭. 지금 지고의 존재께 무슨 질문을 던지는 것이냐."

뜬금없이 던진 질문에 펠드릭이 먼저 반응해 왔다. 잘 나가던 도중 뚱딴지같은 질문을 던진 만큼 당황스러울 만도 할 것이다.

그도 그럴 게 여태껏 어떤 마법사들도 영혼을 다루는 마법은 발현해 낸 적이 없지 않았던가.

플레이어는 물론 마족들조차 금기로 여기는 분야인데 특히나 조율자라고 불리는 마녀들이 그런 금기의 마법을 부린다는 것은 사실상 말이 되지 않았다.

한데.

'눈빛이 달라졌다?'

의외로 예언의 마녀가 얼굴을 굳히며 반응을 보였다.

무언가 정곡을 찔리기라도 한 것일까.

불현듯 그녀가 살벌한 눈빛으로 쳐다보기 시작했지만 용찬은 멈추지 않았다.

"궁금해서 말입니다. 지고의 존재 분들이라면 영혼에 관련된 마법도 능히⋯⋯."

"헨드릭."

"실례였다면 사과드리겠습니다. 그저 개인적인 호기심이었습니다."

적정선을 넘지 않는 수준에서 말을 마치자 펠드릭이 곤란하다는 표정으로 예언의 마녀의 눈치를 살폈다.

아마 의도와는 다르게 대화가 흘러가 불안해졌을 터.

하지만 얼마 되지 않아 그녀가 얼굴을 피며 방긋 미소를 지었다.

"아뇨. 괜찮아요. 순간 당황했을 뿐, 호기심은 누구라도 있게 마련이죠. 질문에 대답해 드리자면 저도 영혼에 관련된 마법은 발현하지 못해요. 금기인 것도 그렇지만 애초에 마력으로 영혼을 다루는 것은 불가능한 일이거든요."

"그렇군요. 설명해 주셔서 감사합니다."

"헨드릭 프로이스 님은 정말 신기하신 분이시네요. 펠드릭 님께서 헨드릭 님에 대해 조언을 구해오셨을 때만 해도 근심 걱정이 무척 많아 보이셨는데, 이제 와서 보니 보통 마족 분들과는 확실히 다른 무언가가 있는 것 같아요. 어쩌면 변화의 계기는 가장 가까운 곳에 있을지도 모르겠네요."

마치 속을 꿰뚫어 보는 듯한 묘한 눈빛이다. 특히 넌지시 언급한 변화의 계기는 여러 의문을 품게 만들었고 이내 한 가지 해답에 도달하게 됐다.

'역시 이 녀석도 내 영혼이 두 개인 것을 알아챈 거야. 그렇지 않고서야 저런 태도를 보일 리 없지. 자, 이제 어떻게 나올 거냐. 예언의 마녀.'

용찬은 조급해하지 않았다. 아니, 오히려 침착히 표정을 관리하며 다음 말을 기다렸다.

그리고 마침내 그녀가 원하던 제안을 건네기 시작했다.

"혹시 마법에 더욱 관심이 있으시다면 제게 찾아오세요. 한동안 저택에서 머물 예정이니 궁금증을 풀 기회는 많을 거예요. 오직 단둘이서 오붓하게 말이죠. 후훗."

"장난이 짓궂으시군요. 하지만 제안 자체는 굉장히 매력적입니다. 그러면 내일 개인적으로 지고의 존재를 찾아뵙도록 하겠습니다."

"언제든 환영이에요."

그 말을 끝으로 무겁게 가라앉아 있던 분위기가 되돌아왔다. 그제야 불편한 기색을 띠고 있던 펠드릭이 급히 주제를 전환하기 시작했고, 기존의 의도대로 용찬에 대해 조언을 구하며 화기애애한 분위기를 만들어갔다.

그리고 그 사이에서 흥미로운 눈길로 대화를 구경하고 있는 아리샤.

아마 그녀도 예언의 마녀가 건넨 제안의 의미를 눈치챘을 것이다.

'네가 원한 대로 내일 모든 비밀을 파헤쳐 주마.'

그날 집무실에 모인 네 명은 사사로운 대화를 오가며 안면을 다졌고, 줄곧 교류해 왔던 펠드릭과 예언의 마녀가 회포를 푸는 것으로 첫 번째 만남은 막을 내렸다.

이번 생에서의 시작은 다르다. 헨드릭의 몸으로 예언의 마녀를 만났고 대면 당시엔 펠드릭과 아리샤도 함께였다. 순전히 가주의 연을 통해 조우하게 된 것이다.

"결국 둘이서 따로 자리를 만들었구나. 어쩐지 느낌이 좋지 않은데 정말 괜찮은 게냐. 푸른 마녀는 벌써 네 영혼이 두 개인 것을 눈치챘을 텐데 말이다."

"그렇다면 차라리 잘된 일이지. 애당초 그것을 원했던 게 나였으니까."

"에잉. 대체 과거에 무슨 일이 있었던 건지."

아리샤에겐 굳이 예언의 마녀와의 과거 인연을 설명하지 않았다. 아마 본인도 배려하는 입장에서 괜히 파고들지 않고 있을 터.

우선 마녀들을 공경하는 펠드릭 앞에서 따로 자리를 주선

했다는 것만으로 만족해야 할 것이다.

이제 남은 것은 직접 예언의 마녀와 부딪히며 어떤 비밀을 숨기고 있는지 파헤치는 일뿐.

자칫 잘못하면 위험에 빠질 수도 있는 일이었지만 그녀도 생각이 있다면 적어도 저택 내에서 술수를 부리진 않을 터였다.

"아무튼 원하는 대로 난 여기서 손을 떼주마. 혹시라도 무슨 일이 있거든 내게 통신하거라."

"그럴 일은 없을 거다."

"고얀 놈. 아, 그러고 보니 잊고 있었구만."

바쿤에 설치된 게이트로 몸을 싣던 아리샤 등을 돌리며 말했다.

"물의 정령은 매우 섬세한 존재이니 정성껏 보살펴 주거라. 샤들리 가주와 계약한 중급 물의 정령 셀리나만 해도 거의 노예처럼 취급받고 있어 가끔씩 정령계에서 소식이 들려오더구나. 물의 정령왕의 심기가 매우 안 좋은 모양이야."

"째째쩩!"

"그래도 넌 다를 테지. 이만 가보마."

과연 4인의 마녀 중 한 명이란 것일까.

직접 정령계의 소식까지 전해 듣는 것을 봐선 정령술 방면으로도 꽤나 수준이 높은 듯했다. 용찬은 게이트 너머로 사라지는 그녀의 뒷모습을 바라보다 이내 고개를 돌렸다.

"냐아아앙. 건방지다. 감히 이 몸 앞에서 목소리를 높이다니!"

"째쨕!"

"한 입에 집어 삼켜…… 캬아아악!"

가문전이 끝나자마자 원래 형태로 돌아왔던 체서가 한 손에 잡혀 왔다.

가장 첫 번째로 용찬과 계약한 정령의 자존심이라도 있는 것인지 레비를 못 잡아먹어 안달이었지만, 그런 것을 가만히 놔둘 정령들의 주인이 아니었다.

"적당히 해라."

"너무 하다. 주인!"

"째쨕? 째째쨕!"

두 정령의 희비가 엇갈리는 순간이었다. 하지만 체서를 노려보던 용찬은 얼마 되지 않아 둘을 놔두고 최상층으로 올라가 버렸다.

무언가 심각한 고민이라도 있는 것일까.

뒤늦게 의문이 들기도 했지만 체서는 우선 본능에 충실하기로 했다.

"냐아아아아. 이제 우리 둘밖에 없다!"

"쨱?"

"신입이면 신입답게 굴어라 냐앙!"

자신의 허락도 받지 않고 용찬의 왼쪽 어깨에 눌러앉은 것이 여간 마음에 들지 않았었다. 용찬이 사라진 지금이라면 충분히 참교육(?)이 가능할 터.

체서는 눈을 빛내며 날렵한 몸놀림으로 레비를 덮쳤다.

그 순간, 온순해 보이던 레비의 눈빛이 돌변했다.

콕콕콕콕!

"캬아아악. 살려달라. 주인!"

"쨰에에에엑!"

어느새 날카로운 부리에 역으로 당하고 있는 체서였다.

그리고 지나가던 도중 그 광경을 발견한 월트릿은 새파랗게 질린 안색으로 나직이 중얼거렸다.

"맙소사. 정령들은 전부 저리 폭력적인건가. 앞으로 조심해야겠어."

[바쿤의 영역이 7단계로 상승했습니다.]

[개설 가능한 시설들이 추가됩니다.]

[개설 가능한 시설들의 등급이 상승합니다.]

[프로이스 가문에서 10,000,000골드를 지원했습니다.]

[프로이스 가문에서 300,000젬을 지원했습니다.]

날이 밝자마자 바쿤으로 찾아온 것은 대폭 상승한 가문에서의 지원이었다.

샤틀리 가문에게 승리의 대가를 받아낸 것 때문인지 평소보다 골드와 젬의 양은 어마어마했고, 카롯의 일부 영역까지 뺏어버리며 바쿤은 단숨에 영역 7단계에 들어섰다.

당연히 바쿤은 축제 분위기였지만 샤틀리 가문은 거의 몰락 직전의 상황까지 몰려 꽤 고생하는 듯했다.

'누가 여기서 물러날 줄 알고! 두고 봐라. 반드시 가문을 재기시켜 프로이스 놈들을 모조리 멸족시켜 주마!'

아마 가문전에서 패배한 소식을 듣고 여기저기에서 냄새를 맡은 하이에나들이 득실거릴 터.

로이스가 그런 난관을 견뎌내고 가문을 재기시킬지는 좀 더 두고 봐야 알 일이었다.

"마왕님. 드디어 바쿤의 영역이 이 정도로 넓어졌습니다. 이제 슬슬 투자를 시작해야 하지 않겠습니까?"

"으음."

"영역도 영역이지만 저희 더 페이서 상단이 본격적으로 자리를 잡고 상행을 시작했습니다. 이제 앞으로 바쿤이 대대적으로 힘을 기르기 위해선 정보 단체가 필요합니다."

"흐음."

영역이 넓어지고 재정이 안정권에 접어들었을까.

현 상황을 기회라고 여긴 것인지 그레고리와 로버트는 어떻게든 용찬을 설득시키기 위해 각고의 노력을 했다.

장기적으로 두고 봤을 때 거의 영지처럼 키울 수 있는 마왕성의 영역.

골드와 젬이 충분한 지금이라면 일찍이 바쿤에 투자를 할수 있었지만 반대로 마계의 소식 및 정보를 수집할 단체도 매우 중요한 요소 중 하나였다.

하지만 그 동안 안타깝게도 용찬은 오직 성장에만 초점을두고 있었다.

'슬슬 마왕성과 병사들을 B급으로 끌어올릴 시기야. 잭과윌트릿을 통해 실버 부대와 한조 부대의 장비들까지 전부 준비된 상태이니 지금부터 상위 서열전을 대비해야 해.'

때마침 마왕성 상점의 구매 횟수도 초기화되어 있지 않던가.

새로운 병사들과 용병을 소환하고 장비 및 기술들을 구매해 전력을 강화시킨다면 서열전뿐만 아니라 미션 및 던전에서도 크게 힘을 발휘할 것이다.

결국 용찬은 성장에 집중하기 위해 영역 관련으로 그레고리에게 업무를 거의 떠넘겨 버렸고, 로버트가 요구한 정보 단체는 무척 간단히 해결시켜 버렸다.

"아, 아니. 요새 한창 주가를 올리고 계신 헨드릭 프로이스 님 아니십니까. 이런 누추한 곳에는 다시 안 오실 줄 알았는데 어쩐 일로?"

"정보 길드의 지부장 다페스. 널 사기 위해 왔다."

"……예?"

정보 길드의 지부 중에서도 가장 규모가 적던 벤카. 특히나 미첼 변방에 속해 있던 벤카였기 때문에 위치적으로도 가장 근접해 있었고, 최근 손님들이 뜸하다는 소문도 돌고 있었기에 용찬은 망설이지 않고 다페스와 그의 휘하 부하들에게 접근했다.

물론 그 과정 도중 오해 아닌 오해가 얽히기도 했는데.

"크흐흠. 죄송합니다만. 헨드릭 프로이스 님. 전 그런 쪽으로는 취미가 전혀……."

"무엇을 착각하는지는 모르겠지만 우선 맞고 시작해야겠군."

"아, 아이고. 무슨 뜻인지 알아들었습니다. 알아들었다구요!"

가볍게 위협을 하자 마치 처음부터 아무 일도 없었다는 듯 빠르게 해결이 됐다.

오해가 풀리자 다페스는 자신들의 능력을 사겠다는 용찬의 제안을 자세히 검토하기 시작했고, 얼마 되지 않아 바쿤에 자리 잡고 있던 더 페이서 상단의 로버트와도 만남을 가졌다.

'정보 길드 중 가장 규모가 적은 곳이긴 하지만 능력 하나만

큼은 괜찮았지. 바쿤과 더 페이서 상단의 지원 아래서 세력을 키워가면 그럴듯한 정보 단체가 탄생할 거야.'

최근에 크게 주목받기 시작한 바쿤인 만큼 다페스 입장에서도 제의 자체는 굉장히 유혹적일 것이다. 게다가 샤들리 가문을 짓누르고 올라선 프로이스 가문까지 등지고 있지 않던가.

아마 나머지 협상은 전부 로버트의 몫이리라.

[바쿤의 영역으로 하급 성벽을 개설합니다.]

[바쿤의 영역으로 하급 울타리를 추가로 개설합니다.]

[바쿤의 영역으로 아이리스의 정원이 등록됩니다.]

[바쿤의 영역으로 식량고를 개설합니다.]

[바쿤의 영역으로 자재고를 개설합니다.]

[바쿤의 영역으로 감시탑을 개설합니다.]

반면 영역을 맡게 된 그레고리는 본격적으로 바쿤을 발전시킬 심산인 것인지 대대적으로 투자를 시작했다.

그 과정 도중 필요한 일꾼들은 전부 프로이스 가문에서 지원을 받게 됐고 나머지 부족한 몫은 바쿤의 병사들이 맡게 됐다.

그리고 아이리스가 심어둔 식물들을 이제 와서 제거할 수도 없어서 아예 울타리를 추가로 개설해 정원으로 만들었는데, 이게 의외로 바쿤의 방어력에 플러스 요인이 되어 있었다.

[마계의 네펜데스]

[환각의 꽃 네뷸라]

[망각의 꽃 제룬]

[절망의 꽃 타비스트]

'네펜데스는 그렇다 치고 상태 이상 효과를 가진 꽃들까지 추가로 자라날 줄이야. 이건 정원이 아니라 거의 지뢰밭 수준이군.'

네뷸라는 접근이 허용되지 않은 대상에게 환상을 보여주고 제룬은 일시적인 기억 상실 효과를 가져다주었다. 타비스트 또한 공포 효과를 심어주는 저주 들린 식물 중 하나.

그런 것을 아는지 모르는 지 아이리스는 형형색색의 꽃밭을 보며 좋아라했지만 이건 완전히 저주 들린 식물들을 재배하는 격이었다.

"그래도 바쿤 주변 땅들이 거의 정화된 상태입니다. 솔직히 저도 아이리스님의 식물들이 이런 효과를 가져올 줄은 몰랐지만 조금 더 있으면 영역에 작물들을 재배할 수도 있을 것 같습니다."

"곡식을 직접 재배할 수도 있단 건가. 이 정도면 가문의 영역 수준이군."

"예. 게다가 저주 들린 식물들 또한 재배한다면 상당한 값에

팔 수 있을 것으로 판단됩니다."

바쿤의 서포터답게 그레고리는 사소한 부분까지도 꼼꼼히 신경을 쓰고 있었다. 저주 들린 식물을 판매한다는 발상 또한 그의 능력 중 하나란 것일 터.

이제 남은 것은 자신과 병사들의 전력 강화였지만 용찬은 서두르지 않고 먼저 저택에 방문하기로 했다.

🐏

"잘 찾아오셨어요. 이리와 편히 앉으세요, 헨드릭 프로이스 님."

한동안 저택에서 머무른다는 얘기는 사실이었다. 예언의 마녀는 4층의 방 중 하나를 배정받아 편히 저택 내에서 지내고 있었고, 용찬이 방문하자마자 직접 차를 내오며 서로 마주 앉게 됐다.

"사실 어제는 많이 놀랐어요. 갑자기 그런 질문을 해오셔서. 약간 신기했달까."

"가주님께 여러모로 지고의 존재에 대한 얘기를 듣다 보니 순간적으로 호기심이 솟아난 듯합니다. 다시 한번 사과드립니다. 죄송합니다."

"아뇨. 뭘 그럴 수도 있는 거죠. 후훗."

예상은 했지만 다소 어색한 분위기가 흘렀다. 먼저 속내를 찔러봤다곤 하지만 이번 하멜에서 만나는 것은 서로 처음일 것이다.

특히나 헨드릭의 몸으로 회귀한 용찬이었기에 차를 홀짝거리면서 차분히 분위기를 살폈다. 그리고 얼마 되지 않아 예언의 마녀가 뒤늦게 입을 열었다.

"아리샤와는 어떻게 만나신 거죠?"

"바쿤의 용병 중 한 명이 다크 엘프였습니다. 동족과의 재회를 위해 은둔자의 숲에 방문했을 때 우연히 아리샤와 조우하게 됐죠."

"함께 저택에 찾아오실 때부터 느끼긴 했지만 그동안 많이 친해지신 것 같네요. 보통 마족과 인간들에겐 그리 흥미가 없던 아리샤였는데…… 아, 이건 못 들은 걸로 해주세요. 마녀들끼린 서로에 대한 정보는 일체 언급 금지거든요."

"그렇군요. 알겠습니다."

"아무튼 솔직히 말해서 신기한 것을 떠나 당황스럽기까지 해요. 대체 어떻게 마족의 몸으로 두 개의 영혼을 지니고 있는지조차 전혀 이해가 안 되고 있거든요."

움찔!

찻잔을 들고 있던 손이 멈칫거린다. 드디어 본색을 드러내는 것일까. 예언의 마녀는 어제도 봤던 살벌한 눈빛으로 용찬을 직시하고 있었다.

'……예상보다 훨씬.'

기세가 날카롭다. 그저 자리에 앉아 있음에도 불구하고 벌써부터 온몸이 찌릿찌릿거렸다.

하지만 절대 당황하는 기색을 내비쳐선 안 됐다.

용찬은 애써 여유를 보이며 찻잔을 내려놓았다.

"무슨 뜻인지 잘 모르겠습니다만."

"어제 그런 질문을 던진 이유도 그것 때문 아니었나요? 아리샤가 어떤 말을 했는지는 몰라도 단단히 잘못 짚었어요. 설마 저라면 영혼에 대해 잘 안다고 생각하셨나요?"

"……"

"아뇨. 절대 그럴 리가 없죠. 아무리 마녀들이라도 영혼은 일체 건드리지 않아요. 그런 부류의 마법들 또한 마찬가지죠. 어떻게 두 개의 영혼을 가지고 있으신지는 모르겠지만 그걸 해결할 방법으로 저를 찾아오신 거라면 잘못 짚으신 거라고 다시 한번 더 말씀드릴게요."

아리샤에게서 들었던 내용과 일치했다. 사실상 마녀들은 여러 분야의 마법에 능통했지만 인간과 마족의 영혼을 다루진 못했다. 그렇기 때문에 아리샤도 정령이란 새로운 매개체를 임시 대비책으로 제시했던 것일 터다.

하지만 이런 전개는 원한 적이 없었다. 무언가 일이 잘못 돌아간다는 것을 직감한 용찬은 인상을 굳히며 마지막으로 미끼를 던졌다.

"그렇다면 영혼 이식에 대해서도 잘 모르시는 것입니까?"

"아아, 역시 그렇죠. 영혼이 두 개인 만큼 자신과 관련 없는 영혼은 어떻게든 떼어버리고 싶겠죠. 하지만 안타깝게도 영혼을 양도하는 것은 불가능해요. 완전히 없애 버리는 것도 그렇고 말이죠."

"말씀이 좀……."

"그냥 지금처럼 정령과의 계약으로 버티는 게 가장 희망이라고 볼 수 있겠네요. 그래서 더 할 얘기는 없으신 건가요?"

어지간히도 뿔이 난 모양이다. 그 정도로 영혼에 관련된 마법이 민감한 부분이었던 것일까. 아니, 어쩌면 마녀로서의 자존심을 건든 것일지도 모른다.

앞에서 대놓고 신랄하게 비꼬는 것만 봐도 얼마나 그녀가 분노했는지 알 수 있었다.

'그래도 아리샤의 말대로 마녀들은 다른 존재를 공격하지 못하는가 보군. 만약 공격이 가능했다면 지금쯤 내 몸은 마력에 압사했겠어.'

약간은 의외인 광경이기도 했다. 항상 미소를 머금은 채 우아한 자태로 있을 거라 예상했던 예언의 마녀였기에 이런 태도는 전혀 예상치 못했었다.

하지만 그런 것을 떠나 용찬은 물러설 수 없었다. 아니, 물러서지 못했다.

왜냐하면…….

쾅!

"그러면 네가 원하는 대로 다른 것을 묻도록 하지. 마계에 오기 직전 베헬름의 사원에서 넌 무엇을 하고 있었지?"

"자, 잠깐만요! 당신이 어떻게 베헬름의 사원에 대해 알고 계신 거죠?"

영혼 이식 구슬을 건넸던 장본인이 바로 눈앞에 있었으니까.

단숨에 찻잔이 올려져 있던 탁자를 박살 낸 용찬은 당황스러워하는 그녀를 보며 다시금 입을 열었다.

"묻는 말에만 대답해라. 베로니카."

베로니카. 베헬름 사원에서 퀘스트를 건넸던 NPC이자 예언의 마녀의 숨겨진 진명이다.

회귀 이전 2년 차에 만났을 때만 해도 NPC의 진명 따윈 신경도 쓰지 않았었지만 지금은 달랐다.

"제 진명을 어떻게?"

예언자의 마녀, 아니, 베로니카의 두 눈동자가 파르르 떨려 온다. 오직 퀘스트를 클리어한 자만이 알 수 있는 진명인 만큼 당황스럽기도 할 것이다.

하지만 그녀에게서 듣고 싶었던 대답은 이게 아니었다. 용찬은 거기서 멈추지 않고 더욱 위협적인 어조로 재차 물었다.

"베헬름의 사원에서 무엇을 하고 있었는지 물었을 텐데?"

"아냐. 이건 말도 안 돼요. 마족이 거길 갔다 오는 것은 불가능하다구요. 대체 당신이 어떻…… 아, 설마 그 영혼은?"

"내 영혼이 뭐 어쨌다는 거지?"

절로 심장이 두근거린다. 마침내 그녀의 입에서 고용찬에 대한 존재가 언급되는 것일까.

내심 긴장이 되었지만 안타깝게도 그런 예상은 단숨에 빗나가고 말았다.

"당신, 플레이어의 영혼을 가지고 계셨군요!"

"……돌아버리겠군."

결국 원점으로 돌아오고 만 순간이었다.

"플레이어의 영혼이 합쳐지고 있다면 그자의 영향을 받고 있을 가능성이 크겠죠. 그래서 당신은 플레이어의 고유 시스템을 사용할 수 있었던 거예요."

"……."

"서열 최하위 마왕이 갑자기 변화했던 이유! 플레이어 아이템에 유독 집착했던 이유! 그리고 베헬름의 사원에 대해 알고 있었던 이유까지 전부 플레이어 영혼에 영향을 받았던 거죠!

어때요. 제 말이 틀린가요?"

지적할 것 하나 없는 정확한 추리다. 아니, 오히려 너무 정확해 다른 사람이었다면 등골이 오싹해질 정도였겠지만 용찬의 반응은 무덤덤하기만 했다.

'결국 아리샤와 같은 논리인가. 거기서 베헬름의 사원이 추가되긴 했지만 그것도 먼저 내가 말한 거였고. 설마 아직까지도 속내를 숨기고 연기를 하고 있는 것은 아니겠지?'

그렇다고 보기엔 베로니카의 반응이 너무 자연스러웠다. 얼마나 신기해하는 것인지 다소 흥분하는 기색까지 내비쳤고, 자신의 추측을 내뱉으면서 식은 차를 단숨에 들이켜기도 했다.

아까 전까지 화를 내던 태도는 더 이상 보이지도 않는 것이다.

'예언의 마녀에게 이런 모습이 숨겨져 있을 줄이야. 아니, 어쩌면 이게 진짜 본모습이었을지도.'

얘기를 나누려면 우선 속사포처럼 쏟아지는 그녀의 입부터 막아야 할 듯했다.

"고유 시스템을 이용하면 플레이어들만 드나들 수 있는 공간도 자유자재로 이동할 수 있으니까 이런 성장을 보였던 거고 저에 대한 소문도 다른 플레이……."

"거기까지."

"아?"

"그래서 결론이 뭐냐."

"그, 그러니까 당신은 플레이어의 행세를 하고 다니면서 영혼의 문제를 해결하기 위해 저를 찾아다니셨던 거죠!"

정답을 맞췄다고 축하라도 해줘야 할 분위기다.

물론 영혼은 헨드릭의 것이었지만 굳이 걸고넘어지진 않았다.

얼굴이 잔뜩 상기됐던 베로니카는 한창 숨을 들이쉬다 이내 초롱초롱한 눈빛으로 용찬을 바라봤다.

"어때요. 정확하지 않나요?"

"만약에 그렇다면?"

"어…… 음. 안타깝지만 전에 말씀드렸던 대로 영혼 관련된 문제는 해결하기 어려울 것 같네요. 역시 저도 그 부분으로는 아는 게 거의 없어서 말이죠."

앞뒤가 맞지 않는다. 회귀 이전 당시 그녀는 분명 구슬을 건네며 이런 말을 해준 적이 있었다.

"이 구슬은 이 세계의 물건이 아니에요. 언제고 당신이 가장 위험에 처해 있을 때 이게 도움이 될 거예요."

마치 미래의 사건을 예측이라도 한 듯한 말투 아니던가.

한데, 푸른 구슬을 건네준 장본인이 정작 영혼에 관련된 문제를 모른다는 것은 말이 안 됐다. 지금 태도만 봐선 무척 아쉬워하는 듯해 보였지만 아직도 제대로 판단이 서지 않았다.

'지금 마녀는 플레이어의 영혼을 가진 나를 보며 호기심을 가지고 있어. 자기 나름대로 추측까지 하며 굉장히 들뜬 듯 보이지만 내가 원하던 것은 이게 아니야.'

정녕 연기가 아니라면 푸른 구슬에 대한 진실이라도 밝혀야 할 터.

때마침 베로니카도 다시 본론으로 돌아온 것인지 베헬름의 사원에 대한 얘기를 꺼내기 시작했다.

"그래서 베헬름의 사원에 대해선 왜 궁금해하시는 거죠?"

"플레이어로 활동하다 보면 퀘스트에 관한 소문을 곳곳에서 듣게 마련이지."

"……역시. 하지만 이미 베헬름의 사원 퀘스트는 클리어됐어요. 그래서 저도 이렇게 마계로 잠시 방문한 거구요."

대충 짐작은 하고 있었지만 역시나였다.

회귀 이전에도 2년 차였던 용찬이 속한 파티에 의해 클리어됐던 베헬름의 사원이었고, 이번 생도 마찬가지로 2년 차쯤에 클리어가 된 듯했다.

그렇다면 본래 자신이 받았던 보상은 이미 다른 플레이어에게 지급됐을 터.

베헬름의 사원을 관리하던 NPC가 베로니카였기 때문에 이 말이 잘못됐을 리는 없었다.

'가령 영혼 이식 구슬을 건넨 본인이 그 구슬에 대한 효과

를 알지 못했다고 가정한다면 오히려 원인은 베헬름의 사원에 있을지도 몰라.'

거기까지 추측해 낸 용찬은 이번 생의 구슬의 존재를 떠올렸다.

'그렇다면 이번 생에서 영혼 이식 구슬을 받은 플레이어도 나처럼 다른 존재의 몸에 들어갈 수 있단 건가?'

약간 머리가 복잡해진다. 물론 그 플레이어가 자신처럼 회귀를 할 수 있는 것은 아니다. 다만, 이미 바뀌고 바뀐 미래에 그가 또 어떤 영향을 줄지 다소 신경이 쓰였다.

"갑자기 무슨 생각을 그리 하시는 거죠? 플레이어의 영혼을 가진 마족을 보는 것은 처음인데 좀 더 궁금한 것을 여쭤 봐도 될까요?"

"……."

문득 두 눈을 반짝이고 있는 베로니카가 거슬려 왔다.

하지만 그것도 잠시.

머릿속에 얽히고 얽혀 있던 복잡한 생각들이 단숨에 정리가 되기 시작했다.

'아리샤보다 더한 호기심, 다른 플레이어가 소유하게 된 영혼 이식 구슬. 그리고 헨드릭의 영혼을 가지고 회귀한 나까지. 이건 잘하면…….'

용찬의 두 눈빛이 묘한 이채를 발했다. 이제 여기서부턴 모

아니면 도였다. 지금껏 들은 정보와 회귀 이전 당시의 정보를 이용해 어떻게든 이 기회를 살려야 했다.

"내가 어떻게 플레이어의 영혼을 가진 것인지 궁금하지 않나? 그리고 왜 내가 베로니카 너에게 베헬름의 사원에 대해 물었을 거라고 생각하지?"

"그건 영혼의 문제를 해결하기 위해 저를 찾아오셨기 때문……."

"그런 거였으면 애초에 베헬름의 사원에서 무엇을 하고 있었냐고 묻지 않았었겠지."

"자, 잠깐만요. 지금 무슨 말씀을 하시는 건지 모르겠어요!"

"아직도 모르겠나. 플레이어의 영혼을 가지게 된 원인 중 하나가 바로 너라고 말하고 있는 거다."

"네에?"

당황하는 기색이 역력하다. 그럴 수밖에 없을 것이다. 만약 아까 전까지의 태도가 전부 연기가 아닌 진심이었다면 플레이어 영혼을 가진 마족은 처음 보는 것이었을 테니까.

하지만 용찬은 반박할 틈조차 주지 않고 위협적인 기세로 몰아붙였다.

"네가 퀘스트 보상으로 지급했던 그 푸른 구슬. 그게 나를 이렇게 만들었다. 예언의 마녀 베로니카!"

"……말도 안 돼."

방 안을 가득 메우는 살기에 베로니카의 안색이 새파랗게 질려가고 있었다.

'아무리 마녀들이라고 해도 영혼을 다루는 것은 금기 중의 금기야. 누구라도 그것을 어겼다간 조율자의 법칙에 따라 다른 마녀들이 처벌에 나서게 되지. 그러니 너무 기대하지는 않는 게 좋을 게다.'

아마 아리샤는 마녀들에게 영혼 관련된 문제가 굉장히 민감한 사항이란 것을 알고 있었을 것이다.

물론 용찬은 베로니카의 반응을 보며 뒤늦게 알아챘지만 이젠 정확히 알 수 있었다.

"그러니까 제가 보상으로 지급한 푸른 구슬이 마계로 유통됐고 그걸 우연히 습득한 당신은 구슬의 효과로 인해 플레이어의 영혼을 가지게 됐다는 뜻인가요?"

"그렇지 않고서야 내가 널 찾아왔을 리 없겠지."

거의 쓰러지다시피 테이블에 앉아 있던 베로니카가 깊은 한숨을 내쉬었다.

'분노, 호기심 다음은 절망인가.'

일순 생각해 낸 도박은 반쯤 먹혀들어 간 듯했다. 그만큼 마

녀들에게 있어 영혼 관련된 문제가 굉장히 골치 아픈 사항이
란 뜻일 테다.

하지만 그것도 잠시.

"아니, 말도 안 돼요. 전 절대 그런 효과를 만들어내지 않았
어요."

"증거가 네 눈앞에 있는데도 말이냐?"

"전 모르는 일이에요. 오히려 지금 당신이 영혼 문제를 해결
하기 위해 억지로 말을 지어내는 것 아닌가요?"

예상대로 베로니카가 표독스러운 눈길로 의심을 해왔다.

단순히 베헬름의 사원에서 플레이어들에게 퀘스트를 내준
것이 전부였기에 그녀 입장에선 억울할 만도 할 것이다.

다만, 그것은 플레이어의 입장에서 보이는 그녀의 겉모습일
뿐. 예언의 마녀로서의 베로니카가 과연 베헬름의 사원에서 무
엇을 하고 있었는지는 누구도 알지 못했다.

"그러면 네 결백을 증명해 봐. 베헬름의 사원에서 대체 무엇
을 하고 있었지?"

"왜 제가 결백을 증명해야……. 하. 알겠어요. 말씀드리면
될 거 아니에요."

끈질기게 몰아붙인 덕분일까. 한참 억울해하던 베로니카가
결국 두 손 두 발 다 들었는지 곧바로 이동 마법을 발현했다.

[베헬름의 사원에 진입했습니다.]

'여긴?'

단숨에 뒤바뀌는 배경에 당황스러울 법도 했지만 익숙한 사원 내부의 광경이 눈에 들어오자 이내 회귀 이전 기억들이 떠오르기 시작했다.

'그래. 여기서 예언의 마녀에게 퀘스트를 받아 사원 내부의 마물들을 퇴치했었지. 그리고 난 성과도가 제일 낮아 영혼 이식 구슬을 보상으로 지급받았었고.'

그때 베로니카는 단순히 사원을 정화한다는 퀘스트 내용을 언급했었지만 좀 더 자세한 속사정이 있을 거라 여겼다. 그리고 예상한 대로 그녀가 사원 내부에 위치한 제단으로 다가가더니 이내 입을 열었다.

"사실 전 베헬름의 사원에서 어떤 존재를 모시고 있었어요."

"어떤 존재?"

"저희와는 격이 다른 하멜의 고대신이죠. 저는 그분들을 모시기 위해 대륙 곳곳에 남겨진 고대신의 흔적을 찾아 돌아다니고 있었고 우연히 베헬름의 사원에서 그분들의 목소리를 듣게 됐어요."

신계의 신들에 이어 이번에는 하멜의 고대신인 것일까.

갑자기 복잡해지는 사연에 용찬의 인상이 구겨졌다. 하지만 베로니카는 신경도 쓰지 않고 제단의 먼지들을 털어내며 말을 이었다.

"전 그 계시를 따라 사원을 정화하기 위해 플레이어들에게 퀘스트를 내주었고 시스템의 순리대로 보상을 지급했던 것뿐이에요."

"그러면 그 구슬도 원래 네가 가지고 있던……."

"아뇨."

불현듯 그녀가 제단 위의 석상을 올려다보며 대답했다.

"사실 그 푸른 구슬은 고대신께서 내린 성물이었어요. 전 계시를 따라서 그 성물을 플레이어들에게 보상으로 지급했던 것이구요. 정말 구슬이 어떤 효과를 가지고 있었는지는 몰랐어요. 애초에 그것은 이 세계의 물건이 아니었으니까요."

"그건?"

"네. 이것도 마찬가지죠."

베로니카가 품속에 있던 은색 구슬을 꺼내서 보였다. 아리샤의 집에서 봤던 구슬과 비슷한 종류의 물건이었다.

"저희 마녀들은 조율자의 자리를 물려받을 때마다 이 구슬도 함께 물려받아요. 이건 성물과 달리 저희들의 기억을 보존하는 효과를 가지고 있었고, 가끔씩 다른 마녀들과 만남이 있을 때마다 유용하게 쓰였죠."

거짓말은 아닌 듯했다. 아리샤 또한 저런 구슬을 통해 마녀들에 대한 진실을 보여준 적이 있었으니까.

때문에 용찬은 고개를 끄덕이며 납득했고 다시 주제를 성물로 이어갔다.

"그렇다면 간단하겠군. 네 말이 사실이라면 다시 고대신을 불러내서 진실을 들어보면 될 테니까."

"그건 불가능해요. 이미 한 차례 사원을 정화하면서 계시는 그걸로 끝이 나버렸어요."

"그러면 네 결백은 증명할 수 없다는 뜻일 텐데?"

"무슨! 이렇게까지 설명했는데도 모르시겠나요? 전 정말 보상의 효과조차 알지 못했다구요. 전 그저 계시대로……."

"웃기지 마라."

그따위 사정은 신경도 쓰지 않았다. 오히려 지금은 억지를 부리며 몰아붙일 때였다.

"네가 효과를 모르고 있었다고 해도 결국 그 푸른 구슬 때문에 내가 이렇게 됐어. 그 계시란 것 때문에 성물이 내려온 것이라면 네게도 책임은 있을 텐데?"

"대체 저보고 어떻게 하란 거예요! 전 지금 당신이 성물 때문에 플레이어의 영혼을 가지게 된 것조차 믿지 않아요. 반대로 당신은 어떻게 성물이 원인이란 것을 증명할 셈이죠?"

"그러니 내게 협력해라. 영혼의 문제를 해결하다 보면 내 영혼의 원인이 푸른 구슬이란 것도 저절로 밝혀지겠지. 내 말이

틀린가?"

"아니, 갑자기 얘기가 왜 그렇게······."

"과연 지금 네 얘기들을 다른 마녀들이 곧이곧대로 믿을까 싶은데 말이지. 결국 고대신의 계시를 받은 것도 너고, 그 성물을 플레이어에게 지급해 일을 벌인 것도 너니까."

말도 안 되는 억지스러운 논리다. 베로니카도 어이가 없는 것인지 살벌한 눈빛으로 용찬을 노려보며 물었다.

"하. 지금 저를 상대로 협박하시는 건가요?"

"그렇게 자기 자신에게 당당하다면 충분히 감수할 수 있는 일이지. 설마 여기까지 와서 아무런 방법이 없다고 말하는 건 아니겠지?"

"······."

아마 그녀도 슬슬 깨닫고 있을 것이다. 아무리 억지가 담긴 협박이라고 해도 결국 지금은 자신이 불리하다는 것을 말이다.

당장 성물의 존재 유무를 밝힐 수 없는 것은 서로 마찬가지였지만 성물의 효과로 두 개의 영혼을 가지게 된 증거가 지금 이렇게 그녀 앞에 서 있었다.

처음 베로니카가 호들갑을 떨며 흥분하던 반응을 본다면 마녀들 사이에서 두 개의 영혼을 가진 존재는 매우 드물 가능성이 컸다.

즉, 미리 아리샤와 관계를 맺으면서 플레이어 시스템을 증명해 낸 용찬의 말이 좀 더 설득력이 있는 것이다.

'모두들 플레이어의 영혼이라고 착각하고 있다면 그것과 성물을 연관시켜 증거로 삼으면 베로니카는 할 말이 없어질 수밖에 없지. 왜냐하면 저 녀석은 계시를 받아 성물을 불러낸 것을 부정할 수 없으니까.'

이제 이 지루한 진실 공방의 막을 내려야 할 시간이었다.

그리고 더욱 나아가 영혼 이식 효과의 성물을 내려준 고대 신에 대해 파고들어야 할 터.

마침 골똘히 고민하던 베로니카도 결론을 내린 것인지 이내 입을 열었다.

"……좋아요. 너무 억지스러운 논리지만 협력해 드리도록 하죠. 하지만 착각하지 마세요. 이건 순전히 예언의 마녀로서의 결백을 증명해 내기 위해 돕는 것뿐이니까요. 하나라도 잘못된 게 밝혀진다면 오늘 고대신 분들께 보인 무례의 대가를 전부 받아낼 거예요. 알아두세요."

앙칼진 눈초리는 그대로였지만 이 정도면 대만족이다. 용찬은 살며시 입가를 말아 올리며 계약서를 꺼내 들었다.

"아, 물론 당연한 것일 테지. 좋아. 그러면 계약서를 통해 이번 일에 대한 발설을 서로 금지하도록 하고. 남은 것은 다시 계시를 받을 방법뿐이겠지."

"다소 시간이 걸리긴 하겠지만 방법은 있어요."

"그게 뭐지?"

잠시 뜸을 들이던 베로니카가 은색 구슬로 커다란 탑을 비추었다.

무척 익숙하기 그지없는 모형의 탑. 단숨에 용찬의 인상이 구겨졌지만 그녀는 신경도 쓰지 않고 대답했다.

"악몽의 탑에 있는 지배자들의 표식을 모아 오는 거죠."

To Be Continued

소드마스터 힐러님

침략자 퓨전 판타지 장편소설

모두에게 무시당하던 낮은 전투력.
힐러라고 부르기도 민망한 힐량.

모두에게 무시만 받던 나날이었다.

어제까지의 나는 최약의 헌터였다.

하지만 오늘, 검을 뽑은 순간!
나는 더 이상 나약한 힐러 따위가 아니다.

〈소드마스터 힐러님〉

나는 여전히 힐러다.
그리고 최강의 검성이다.